태
도
의

언
어

태도의 언어

내 삶을 단단하게 만드는 마음의 말들

김지은
지음

헤이북스

프롤로그

'빨간 벤츠와 반지하 방'

경제적인 잣대로 내 삶을 압축해보면 뭐가 될까. 오
래 생각할 필요 없다. 이것이다.

고등학교 때 나는 벤츠 자동차로 등교하는 유일한 학
생이었다. 차를 좋아하던 아빠가 그때 큰맘 먹고 구입한
차가 벤츠, 그것도 빨간색이었다. 내 고향에서 벤츠는 귀
한 차였다. 지금도 그토록 질리지 않는 짙은 붉은색을 본
적이 없다.

대학교 때는 반지하 방에서 살았다. 내가 서울의 한
사립대로 진학해 가장 교육비가 많이 들 때 우리 집은 망
했다. 우리 집뿐 아니라, 함께 종합병원을 했던 외가 전
체가 주저앉았다. 나는 엄마 지인도 아니고, 지인의 지인

이 선심 쓰듯 내준 반지하 방에서 학교를 다녔다. 창고처럼 버려둔 곳이라 월세도 받지 않았다. 내 짐을 차에 실어 올라온 엄마가 근처 시장에서 사준 책상과 책장, 이모와 이모부가 손수 발라준 도배지엔 채 2개월이 안 가 곰팡이가 피어올랐다.

돌이켜보면 벤츠로 등교를 할 때도, 볕이 아닌 습기가 드는 반지하에 살 때도 나는 나였다. 어느 순간에도 나는 나를 잃지 않았다. 그 힘은 어디서 비롯된 건가.

우리 집에 구전동화처럼 전해지는 일화가 몇 개 있다. 그중 하나는 맏(외)손주인 나를 키운 할머니와 관련된 것이다. 동생이 태어난 뒤 나는 2, 3년쯤 외가에서 자랐다. 네다섯 살 무렵의 일이다. 내가 하도 유리컵을 깨 골칫거리였다. 유리컵이 떨어질 때 나는 쨍그랑 소리를 들으려고 일부러 컵을 던져 자꾸만 깨뜨린 거였다. 그런데도 할머니는 엉덩이 한번 때린 적이 없으셨다. 대신 어느 날 유리컵 한 상자를 사 와서는 뒤뜰로 나를 데려가 '마음껏 던져보라'고 하셨다. 나는 신이 나서 대여섯 개쯤 깨다가 흥미를 잃었다. 그 뒤로 유리컵을 깨는 일은 없었다. 내 기억엔 없는 일화다. 그러니 할머니에게 옛날 얘기 해달라고 하듯 졸라 수십, 수백 번은 다시 들었을 법한데, 할머니는 그 시간을 허락하지 않고 너무나 일찍 하늘나라로 가셨다.

그런가 하면 할아버지는 이런 분이었다.

"인간이 어리석어서 행복할 때 행복한 줄을 몰라. 행복할 때 행복하다고 말할 줄 아는 현명한 사람이 되어라. 아, 지금 나는 참 행복하다!"

가족 모임 때마다 즐겨 하신 건배사다.

내가 그 어느 순간에도 나를 잃지 않고, 외부의 환경에 그나마 흔들리지 않으려 노력했으며, 절망스러울지언정 절망하지 않을 수 있었던 이유, 그 태도의 원천은 그 어린 시절 두 분이 각인시켜준 태도 덕분 아닐까. 나도 기억하지 못하는 나의 처음에, 할머니와 할아버지는 긍정의 샘물을 깊게 파주셨다.

돈 때문에 가장 어려웠던 시기를 돌이켜봐도, 힘들었던 기억은 잘 떠오르지 않는다. 반지하 방에 엄마가 써주고 간 기도문, 딸의 안전이 걱정돼 하루가 멀다 하고 시시때때로 전화했던 아빠와의 통화, 당신들도 허리띠를 졸라맸으면서 품앗이하듯 내 생활비를 보태준 이모들의 마음, 엄마 아빠 대신 나를 보살펴준 막내 이모의 손길 같은 게 떠오를 뿐이다. 그 시절에도 우리 가족은 단 한 번도 언성을 높이지 않았다. '너무 힘들어', '너무 괴롭다' 같은 말을 하는 사람도 없었다. 반목 같은 일은 상상

할 수도 없다. 그런 어른들을 보며 인생에서 진짜 중요한 게 무엇인지 배웠다. 사랑, 믿음, 감사 같은 가치들의 힘 말이다. 그러니까, 그 힘들었던 시기를 통과하며 내게 남은 건 그 고비를 대하는 우리 가족의 태도였다.

기자라는 일을 하며 운이 좋게도 수많은 존재를 만났다. 나라는 토양 위에 단비가 돼 내 태도의 줄기가 곧고 굵게 자라도록 해준 이들이다. 특히 인터뷰를 하면서 만난 인터뷰이들은 모두 내 태도의 스승이었다. 나와 인터뷰이들이 살면서 가꿔온 태도의 언어들이 인터뷰라는 과정을 통해 교차하면서, 내 마음엔 아름다운 공명의 종이 수없이 울렸다. 일터에서 만난 훌륭한 동료들은 내가 '기자의 길'을 잃지 않도록 붙잡아주었다.

'내가 어쩌다 기자가 됐을까?'

초년병 시절보다 오히려 요즘 그런 생각을 자주 한다. 의구심의 자문이 아닌 감사함의 자문이다. 해가 갈수록, 날이 갈수록 '기자 김지은', 이 다섯 글자가 갖는 의미가 새롭게 느껴져서다. 내가 나를 만든 게 아닌, 나의 인연들이 나를 성장시켰음을 새삼 깨닫는다. 이 책을 쓰는 동안, 그렇게 나를 돌아볼 수 있었다.

"우물에 물 고이는 시간이야."

작년 한 해 병가를 내고 회사를 쉴 때 엄마가 해준 말이다.

"우물에 물 고이는 시간? 우물엔 늘 물이 있는 거 아니야?"

내 반문에 엄마는 말했다.

"1년에 한 번씩 우물 속 물을 싹 퍼내. 장정이 몇 명씩이나 달려들어서 줄을 타고 내려가서 두레박으로 싹싹 퍼내지. 우물 안도 깨끗하게 닦아. 그러고는 뚜껑을 덮어두지. 그러면 다시 맑은 물이 고이기 시작해."

내가 과연 다시 글을 쓰고 싶어질까. 의문이 들어 엄마에게 "이 시간이 대체 어떤 의미일까?" 하고 묻자, 엄마는 단박에 그런 얘기를 했다.

고개를 끄덕이면서도 그때는 몰랐다. 정말, 우물에 다시 물이 고일까.

엄마의 말은 예언처럼 적중했다. 시나브로 내 안에 이야기가 차올랐고 나는 다시 노트북 앞에 앉았다, 이전과 달라진 태도로. 마치 정말 내 안에 맑은 새 물이 고여 찰랑거리듯 말이다. 보지 못했던 걸 보고, 느끼지 못했던 걸 느낀다. 여백 없이 일로 빽빽했던 삶엔 여유가 깃들었다. 변화한 태도가 준 선물이다.

　이 책은 나의 성장기다. 앞뒤 재지 않고 질주했던 태도의 유년을 거쳐, 혹독한 태도의 사춘기를 지난 뒤 얻은 깨달음을 기록했다. 나라는 태도를 만든 건 내가 한 일이 아니라서, 내가 만난 모든 인연들에게, 나라는 태도를 성장시켜준 모든 순간들에 감사하다.

　이 책을 쓰는 동안 그래서 참 행복했다.

2023년 11월

김지은

차 례

1

당신이 선물한 언어

김혜수라는 태도 1

"어머…, 팔목이 이렇게 가늘어요."

따스하고 보드라운 손바닥이 내 팔목을 감쌌다. 오늘 처음 만났는데 이렇게 다정할 수가 있나. 게다가 내 팔목은 그렇게 가늘지도 않다. 엉겁결에 팔목을 내어준 나는 그만 무장해제되고 말았다. 배우 김혜수 씨 얘기다. 나는 그를 2010년 처음 만났다.

그가 글로벌 이슈를 다루는 시사 프로그램의 진행을 맡게 돼서다. 배우가 시사 부문 MC를 하는 건 당시로썬 꽤 이례적인 일이었다. 사회의 인식은 '의외성'을 부여했으나 나는 알고 있었다. 그가 국경을 떠나 사회문제에 얼마나 관심이 많은지.

우연히 그의 싸이월드 미니홈피를 가보곤 매일 '출근

도장'을 찍다시피 했다. 그가 국내외 뉴스를 부지런히 스크랩해두는 건 그럴 수 있다 싶었다. 기지촌 성매매 피해 여성을 돕는 두레방까지 조용히 찾아가 후원한 걸 알게 됐을 땐 그가 다시 보였다. 그 어떤 보도 자료도, 시끌벅적한 소회도 없었다. 그저 그가 싸이월드 앨범에 올린 사진 한 장 덕에 알게 됐다. 그는 화장기 없는 얼굴에 편한 옷차림으로 두레방 원장과 함께 다정하게 웃고 있었다. 과거 기지촌과 두레방을 취재한 경험이 있기에 내 눈에 그 사진이 들어왔다. 그렇게 사회 곳곳에 '선한 오지랖'이 넓었던 그가 시사 프로 진행까지 하게 된 거다. 사람과 세상을 대하는 그의 태도가, 그 원천이 궁금했다.

첫 방송에 즈음해 그를 인터뷰해야겠다고 마음먹었다. 내가 '뉴스위크 한국판'에서 일할 때라 매체 성격과도 잘 맞았다. 그러나 그 같은 대스타를 인터뷰이 interviwee로 섭외하기는 처음. 소속사에서 그의 언론 인터뷰 일정을 관리하는 임원의 연락처를 알아내기까지 무척 애를 먹었다.

겨우 전화가 연결돼 인터뷰하려는 이유를 열심히 설명했고 설득했다. 얼마 후 돌아온 회신은 '김혜수 씨가 당신이 쓴 기사를 궁금해한다'는 거였다. 나는 당장 최근 몇 주간 발행된 잡지를 몇 권 챙겨 내가 쓴 기사가 실린 페이

지마다 일일이 포스트잇을 붙여 퀵서비스로 보냈다.

13년 전인데도 또렷하게 기억하는 건 이런 인터뷰의 과정 때문이다. 그 덕분에 나는 지금도 섭외를 할 때, 내가 어떤 기자인지 설명하는 데 공을 들인다. 처지를 바꿔 내가 인터뷰이라면 당연히 인터뷰어가 궁금할 텐데, 그때까지 미처 생각하지 못했던 거다. 그 덕분에 인터뷰어로서 내 태도가 좀 더 두터워졌다.

인터뷰는 성사됐다. 그가 인터뷰를 하겠다고 한 거다. 대입 자격시험을 통과한 것 같은 기분이 들었다. 동시에 남다른 면모를 가진 그가 더욱 궁금해졌다.

인터뷰는 예고 방송을 촬영하는 날 스튜디오에서 만나 하기로 했다. 복병은 '시간'이었다. 인터뷰를 앞두고 매니저는 부탁, 또 부탁했다.

"시간이 넉넉하지 않아서요. 30분 안쪽으로 인터뷰를 끝내주실 수 있을까요?"

30분이라니, 턱없이 부족한 시간이다.

"와이드 인터뷰(한 인물을 폭 넓고 깊게 조명하는 인터뷰)로 들어가는데 30분으로 될 리가 없어요. 조금이라도 시간을 더 확보해주실 수 없을까요? 30분으로는 제대로 인물을 담을 수가 없어요. 이왕 하는 인터뷰, 잘 나가야 하잖아요."

나는 역으로 매니저에게 읍소, 또 읍소했다. 매니저
는 난감해했다.

그러면 어쩔 수 없다. 남다른 갈매기 조나단 리빙스
턴은 '높이 나는 새가 멀리 본다'(《갈매기의 꿈》)고 했지만,
날지 못하는 현실의 기자 나부랭이는 모든 취재 현장에
무조건 일찍 가야 기사 한 줄이라도 더 얻는다. 앞선 촬
영이 예상보다 빨리 끝난다면, 인터뷰 시간을 좀 더 확보
할 수 있을 테니까.

약속 시간보다 1시간쯤 일찍 도착했다. 이럴 수가.
베테랑 배우 김혜수 씨는 역시나 촬영을 일찌감치 마치
고 대기실에 있었다. 나를 본 그는 어서 들어오라고 했
다. 대기실은 넓지 않았다. 나는 그와 무릎이 닿을 거리
로 마주 보고 앉았다. 그 같은 '전국적인' 인물을 인터뷰
하는 건 처음이라 아마 긴장하기도 했을 테다.

"옷 색깔이 참 예뻐요!"

그가 외려 이런 말로 나의 마음을 풀어줬다. 그때 나
는 풀빛 원피스를 입고 있었다. 그런가 하면 "우리 더 가
깝게 앉아요."라며 의자를 당겨 앉기도 하고, 녹음기를
보더니 "제가 들고 할까요?" 하기도 했다. 그날 내가 입은
옷차림에, 그의 음성까지 어제 일처럼 기억나는 건 그 말
에 담긴 그의 다정하고 배려 깊은 태도 때문이다.

인터뷰가 막 재미있어질 무렵, 매니저가 다가왔다.

"기자님, 10분 안에 끝내주세요."

인터뷰는 기사로 치면 이제 막 본론에 접어든 참이었다. 당황스러웠다. 그 순간 김혜수 씨가 미소를 머금고 내 눈을 보며 말했다.

"우리, 시간에 구애받지 말고 얘기 나눠요."

그는 느꼈을까. 티 내지 않으며 감격한 내 마음을.

얘기는 2시간쯤 이어졌다. 인터뷰 중 아직도 기억나는 대목이 있다. 사회문제에 왜 두루 관심을 갖고 기사역시 열심히 읽는지 이유를 묻는 질문에 답하면서였다.

"제가 386세대의 끝자락이잖아요."

그가 말문을 열면서 한 이 규정이 마음에 남았다. 배우이자 톱스타로 살아온 그가 시대정신이 담긴 단어로 자신을 표현해서다.

"저는 어릴 때부터 연예인이었잖아요. 배우란 직업은 인간에 대한 많은 관심과 관찰이 바탕이 돼야 하는 일이에요. 그런데 너무 어린 나이에 이 일을 시작해서 늘폭이 좁다고 느꼈어요. 그러다 보니 남들한텐 당연하고 자연스러운 일인데도 저한테는 턱없이 부족한 면이 적지 않았어요. 나이 먹으면서 스스로 그런 '보편성'이 떨어진다는 자격지심, 위기의식을 느꼈어요. 내가 또래와 다르지 않다는 보편성을 확보하려면 어떤 노력을 해야 할지 고민하면서 의식적으로 빈 곳을 채우려고 노력했죠."

그가 시사 이슈에 관심의 끈을 놓지 않는 데엔 이런 이유가 깔려 있었다.

나는 최대한 그가 살아온 시간을 훑고 싶었다. 그래야 기사 한 줄을 쓰더라도 맥락이 실릴 테니까. 그를 최대한 이해해야, 기사 역시 폴폴 날리지 않고 독자의 마음에 안착할 것이다. 그러나 그건 기자인 내 욕심이고, 인터뷰이가 마음을 열지 않으면 쉽지 않다. 유명인일수록 시간을 재촉하는 경우가 많은 게 사실.

그런데 그는 아니었다. 충분히 인터뷰하도록 나를 배려했다. 채 10년 차가 안 된 기자 김지은은 많이 서툴렀을 거다. 그래서 팍팍하게 굴 수도 있었을 텐데, 그는 그러기에 외려 나를 더 편안하게 대했다. 인터뷰어와 인터뷰이가 만났을 때 태도의 언어로 어떻게 공감하고 교유交遊할 수 있는지 그때 배웠다. 마음을 여는 기술은 인터뷰어에게 중요한 덕목이지만, 인터뷰이가 마음을 여는 태도 또한 인터뷰의 깊이와 분위기를 좌우한다. 두 태도의 언어가 부딪히지 않고, 이어지고 엎어질 때 비로소 공명은 일어난다.

그가 내 손목을 잡은 건 인터뷰를 마치고 사진을 찍

으러 바로 옆 스튜디오로 이동할 때였다. 비로소 의자에서 일어난 그가 내 손목에 눈길을 준 거다. 녹음하는 것도 모자라, 노트북으로 열심히 쳐가면서 인터뷰했으니 내 손이 궁금했는지도.

인터뷰 현장으로 되돌아가 한 장면, 한 장면 회상해보니 미안한 것이 한두 가지가 아니다. 하필이면 사진기자는 다소 깐깐하고 무뚝뚝하기까지 했다. 그 역시 서투름이다. 그런데도 그는 카메라 앞에서 최선을 다했다.

"의상을 한번 바꿔볼까요?"

"의자도 활용을 할까요?"

그를 보면서 '이런 것이 프로의 태도구나' 생각했다.

예상보다 엄청나게 길어진 인터뷰, 헤어지며 그는 두 손으로 내 손을 사근하고 정겹게 감싸며 인사했다.

"아! 오늘 봬서 좋았어요. 또 봐요, 우리."

그의 까맣고 커다란 눈동자가, 내 눈동자에 와닿았다.

그 주 《뉴스위크 한국판》 표지는 김혜수 씨였다. 배우가 《뉴스위크 한국판》의 얼굴로 나간 것 역시 드문 일이었다. 그는 기사를 보고 내게 연락해왔다. 우리는 그 뒤로도 종종 문자 메시지를 주고받았다. 전화번호를 바꿀 때도, 그는 나를 잊지 않고 변경 안내 문자 메시지를 보내준다. 어느새 나는 22년 차 기자가 됐다. 그때 약속

대로 우리는 바로 만나지는 못했지만, 나는 그와 여전히 연결돼 있다고 느낀다. 꼭 연락해야 할 때 위로와 응원을 나눈다.

지난 연말 그가 '원톱'으로 주연한 드라마 〈슈룹〉을 매회 감탄하며 시청했다. 여성 연대가 저변에 깔린 드라마의 화법도 마음에 들었지만, 그가 맡은 화령이라는 역할이 딱 '김혜수 같아서' 더 좋았다. 캐릭터가 배우의 본질과 맞아떨어질 때 감동이 어떻게 살아 움직이는지를 그는 증명했다. 자식의 숨통을 틔워줄 줄 아는 현명한 엄마, 내가 가진 걸 나눠 기꺼이 '자매'의 인생에 손 내밀어 개입하고 연대하는 언니, 욕망하되 불의에 지지 않는 정의로운 여성, 강한 자에 강하고 약한 자에 약한 권력자, 두뇌 싸움에서 결코 지지 않는 전략가, 사랑스럽고 귀여운 여인, 그러면서 빈틈 많고 또 그러기를 바라는 한 인간.

"사람은 누구나 완벽하지 않아. 어쩌면 이 계영배戒盈 杯처럼 작은 구멍이 뚫려 있을지도 모르지. 사실 국모인 나도 구멍이 숭숭 나 있다. 스스로 만족한다면, 꽉 채우지 않아도 썩 잘 사는 것이다."

이런 대사는 마치 그가 내게 건네는 말 같았다.

그는 13년 전 그 프로그램의 첫 방송에서 '모르는 이야기를 생각 없이 옮기는 MC는 되지 않겠다'고 했다. 배우로 카메라 앞에 설 때의 태도도 그럴 것이다. 기자도 마찬가지다. 보고 듣고 확인하지 않은 건 기사에 써선 안 된다. 독자라는 존재의 이유 앞에 서는 기자의 태도와 닮은 그래서, 나는 아직도 그를 '믿고' 본다.

김 혜 수 라 는 태 도 2

"나를 온전히 알아주고, 인정해주고, 배려해준 인터뷰라
서 소중해요. 인터뷰의 행간마다 나를 온전히 담으려 했
음이 느껴져요."

그를 두 번째로 인터뷰했다. 배우 김혜수 씨를 13년
만에 다시 인터뷰하는 행운이 내게 찾아온 것이다.

위의 말은 그 인터뷰 뒤에 그가 내게 전해온 마음이
다. 이번 인터뷰가 각별한 이유가 있다. 그가 먼저 청해
서다. 말하자면, 내가 섭외를 당한 것이다. 그는 내가 신
문에 연재하는 시리즈 '실패연대기'를 사랑하는 독자였
다. 우리는 13년 만에 만나 편히 식사를 나누며 그간의
쌓인 얘기, 살아온 시간을 수 시간째 나누는 중이었다.

그간 인터뷰는 내가 섭외를 해왔지, 상대의 제안으

로 인터뷰를 하게 된 건 처음이었다. 그것도 그 같은 톱스타가.

그는 인터뷰하지 않기로 유명한 배우였다. 나는 그걸 몰랐다.

"김혜수 씨요? 인터뷰하기 쉽지 않을 거예요. 영화 전문지 인터뷰나 TV 예능 프로그램도 거의 안 한다고 들었어요."

영화계에서 잔뼈가 굵은 홍보 담당자를 만났을 때, 내가 인터뷰하고 싶은 배우로 그를 꼽았더니 들었던 말이다. 지난 기사를 검색해보니 과연 김혜수 씨는 작품 홍보의 일환인 이른바 '라운드 인터뷰'(하루나 이틀, 날을 정해 여러 매체의 인터뷰를 한꺼번에 하거나 순회하면서 하는 인터뷰) 외에는 최근 20년간 거의 인터뷰를 하지 않았다. 그렇지 않은 와이드 인터뷰는 13년 전 나와 한 인터뷰 정도가 손에 꼽혔다.

그런 그를, 나는 올여름 개봉한 영화 〈밀수〉의 홍보 행사를 모두 마친 9월 말에 두 번째로 인터뷰했다.

13년간 이어진 이 인연의 의미를 새삼 생각해본다.

'배우 김혜수'

그는 내 인터뷰의 시작이다. 그를 다시 인터뷰하면서 그걸 깨달았다. 처음 만남 때도 인터뷰어이자 기자 김지은에게 믿음이 갔으니 인터뷰를 하기로 결정했을 것이고, 실제 인터뷰하는 시간도 좋았으니 '충분히 얘기하자'고 했을 것이며, 결과물인 기사도 마음에 들었으니 자신의 휴대폰 번호로 내게 연락을 해왔을 것이다. 너무 오래전 일이라 그도, 나도 어떻게 우리가 그간 연락을 이어오게 됐는지 정확히 기억하지는 못했다. 서로 어렴풋한 추억을 떠올리며 웃을 뿐이었다.

다만, 확실한 건 이거다. 한 인물을 그토록 깊이 들여다본 인터뷰는 그때가 처음이었다. 인터뷰를 매개로 13년이나 이어진 인연도 내겐 아주 드문 일이다. 그 시간이 내게 준 건 무엇인가 생각해보니 자신감이었다. 인터뷰어로서 내 스스로에게 갖게 된 자신감.

기자가 된 지 얼마 안 돼 내가 쓴 작은 인터뷰 기사를 보고 엄마가 이렇게 말한 적이 있다.

"넌 인터뷰를 계속 써야 해. 이런 인터뷰를 쓰는 기자가 드물어. 꼭 책도 내거라."

나도 잊고 있던 그 말을 엄마가 환기해줘 기억이 났다. 아니, 잊고 있다고 생각했지만 어느새 그 말은 내 마음과 머릿속에 배어 있었나 보다. 그 길 끝에 인터뷰가 있었던 걸 보면 말이다.

인터뷰는 기사의 처음이자 끝이다. 인터뷰의 가치를

믿고 사랑했던 내게, 배우 김혜수 씨는 '가능하다'는 걸 깨닫게 해준 첫 인터뷰이였다. 5년 전 내 이름을 걸고 코너를 시작할 수 있게 됐을 때 인터뷰 연재를 하겠다고 마음먹은 건 나도 잊고 있었던 내 안의 가능성이 시킨 일일 것이다. 그 가능성이 뿌리를 잘 내리도록 그가 물을 부어주었다.

두 번째 인터뷰를 앞두고 그는 말했다.

"다시 지은 씨와 인터뷰할 걸 생각하니 떨려요. … 우리 인터뷰는 분명히 좋을 거예요. 참 좋은 시간일 거야."

나를 믿고 기대한다는 표현이었다. 나를 인정하고 신뢰하는 인터뷰이와 하는 인터뷰가 어떻게 충만하지 않을 수 있을까.

그는 내게 '과정의 즐거움'을 느끼게 해준 첫 인터뷰이이기도 하다. 인터뷰는 대개 인터뷰어가 주도하게 된다. 보통 섭외 요청을 해 상대가 수락하면 인터뷰어는 최대한 충실하게 준비를 해 인터뷰를 한 뒤 글을 쓰고 나면 끝난다. 인터뷰이와 함께하는 시간은 장소를 정할 때, 인터뷰 당일 그리고 기사가 나간 뒤 소감을 주고받을 때 정도다.

김혜수 씨는 그렇지 않았다. 인터뷰를 하기로 결정한 뒤부터 틈만 나면 인터뷰에서 자신이 어떤 얘기를 할 수 있을지 의견을 전했고, 나는 어떤 얘기를 듣고 싶은지 물어왔다. 내가 쓴 인터뷰 중 특히 인상 깊었던 걸 꼽으며, 그 소감과 더불어 자신은 어떤 말을 할 수 있을 것인지 고민스러운 마음을 내비치기도 했다.

그는 특히 '실패연대기'의 결을 고려했다.

"내가 잘 알려진 배우라서 혹시 너무 튀지는 않을까요?"

전체 연재의 흐름을 생각한 것이다. 내가 물었다.

"어떻게 그렇게 자신을 객관적으로 볼 수가 있죠?"

그가 답했다.

"아마 내가 배우라서 그럴지도 몰라요. 배우는 연기하는 자기 모습, 전체 작품 안에서 자신의 연기를 모니터링하는 게 몸에 배어 있으니까. 나만 봐서는 연기를 할 수가 없어요."

그는 자신의 생각을 말하면서도 내 의견을 충분히 고려하고 배려했다. 그는 인터뷰에서 '배우는 철저히 팀플레이로 하는 일'이라고 말했다. 연기뿐 아니라 인터뷰에서도 그는 '협업의 태도'가 몸에 배어 있었다. 장소는 어디에서 하면 좋을지, 사진은 어떻게 찍을지를 논의하면서 처음으로 '인터뷰어와 인터뷰이가 함께하는 과정의 즐거움'을 느꼈다.

그 두 번째 인터뷰가 내게 특별한 이유가 또 있다. 그는 13년간 내 성장의 과정을 지켜본 유일한 인터뷰이라서다. 첫 인터뷰는 나의 섭외로 성사됐지만, 두 번째 인터뷰는 그의 제안이었다.

"나도 지은 씨라면 인터뷰하고 싶어요."

올해 4월 사석에서 만났을 때 그가 불쑥 꺼낸 얘기다. 그 말을 들었을 때 짜릿함을 아직도 기억한다.

그간 때로 울고, 때로 안달복달하고, 때로 지칠 뻔하고, 때로 더디게 걸으면서도 멈추지 않았던 내 노력의 여정을 인정받는 듯해 감격스러웠다. 그의 인터뷰 제안은 그러니까, 내게는 '기자 김지은'이 가장 갖고 싶어 하는 '믿음의 징표', '기자로서 잘 성장해왔다는 증거'였다. 그는 13년 동안 기자 김지은이 맺어온 열매를 지켜본 사람이니까.

나 또한 두 번째 인터뷰로 그의 성장을 목도할 수 있었다. 무엇보다 내가 놀란 건 그가 지금까지 자신이 받은 '트로피'엔 그다지 큰 의미를 두지 않고, 심지어 기억도 못한다는 사실이었다.

그의 이력은 대충 꼽아봐도 이렇다. 38년째 주연을 도맡는 배우. 열여섯 살에 영화 〈깜보〉로 데뷔한 이래 출연한 영화 35편. 그의 영화를 본 관객 수를 모두 합치면 5530만 명. 드라마는 특별 출연을 제외하고도 47편.

수상 경력은 또 어떤가. 스물세 살에 영화 〈첫사랑〉으로 청룡영화상 최연소 여우주연상 수상(깨지지 않은 기록이다.), 이를 포함해 한국 3대 영화상에서 여우주연상 5회 수상, 드라마로 지상파 채널 연기대상 3회 수상.

내가 이런 경력을 한 문장씩 읊어줄 때마다 외려 그는 남의 얘기 듣듯 했다.

"스물세 살 때였다고요?"

"최연소 기록이 아직도 안 깨졌어요?"

"제가 여우주연상을 다섯 번 받았어요?"

"연기대상도 3회나?"

그러더니 거듭 반문했다.

"이게 제 얘기라는 거죠?"

그렇다면 그가 이제까지 배우를 할 수 있었던 동력은 무엇인가.

"내 청춘의 대부분을 바친 이 시간의 의미가 무엇인지, 나는 과연 어떤 배우인지 그 답을 찾는 게 참 중요했어요. 그에 실패해 여기에 도달한 건지도 몰라요."

우연히 영화 〈밀양〉을 두 번째로 본 이후 '그래, 연기는 저런 분들이 하는 거지. 나 그동안 참 수고했다. 이만하면 충분해.'라며 깔끔하게 돌아서려던 순간도 있었다. 그러나 그 시간마저 딛고 그는 여전히 우리 앞에 서 있다.

"(촬영 현장에서) 내 연기 모니터링을 하다가 어느 순간 그런 걸 느꼈어요. '아, 나는 이런 배우구나. 한 20%쯤 부족하구나. 그래, 이런 배우도 있어야지. 이게 나의 고유성인데.' 그렇게 나를 인정하게 된 거죠."

그래서 그의 두 번째 인터뷰는 과정에서 느끼는 희열, 이를 동력 삼아 성장해온 김혜수의 시간을 담았다. 김혜수라는 자격을 만든 시간의 연대기 말이다. '인생의 목표는 성공이 아닌 성장, 중요한 건 실패가 아닌 시도'라는 삶의 태도가 그의 이름 석 자가 지닌 무게를 만든 거였다.

그는 두 번째 인터뷰 이후 내게 이렇게 말했다.

"분명히 내 인터뷰를 읽는데, 어느 순간 내가 내 얘기인 걸 잊고 빠져들게 됐어요. '기자 김지은'은 그런 글을 쓰는 사람이에요. 이 시대에 읽으면서 눈물을 흘릴 수 있는 기사가 있다니요. 그런 글을 쓰는 기자가 있어서 감사해요. 그리고 그 기자가 내가 아는 지은 씨여서 기뻐요."

나의 토양에 뿌리는, 아니 퍼붓는 단비 같았다.

인터뷰에서 그가 한 말 중에 별것 아닌 것 같은데도 많은 독자들이 인상 깊은 구절로 꼽은 대목이 있다. 내게도 그랬다.

"난 좋은 건 많이 나누자는 쪽이에요. 좋은 말도 마찬가지. 난 말의 힘을 믿거든요. 온기 있는 말 한마디가 얼마나 내적인 힘이 되는데. 그리고 상대에게 얼마나 큰 동기부여가 되는데. 꾹 참는다고 저축되는 것도 아니고요."

생각만 그런 게 아니라 그는 자신의 그런 생각을 행동으로 보이는 사람이었다, 말로 그리고 태도로.

"지은 씨, 글 많이 써요. 자기 인터뷰는 사람을 살리는 글이에요. 자기가 받은 달란트예요. 이런 인터뷰를 계속하고 그걸 글로 쓰니 얼마나 성장을 하겠어요. 앞으로 뭐가 되려고 그러나. (웃음)"

성장이 가장 중요한 그는, 남의 성장도 돕는 사람. 어쩌면 '기질적으로 나는 배우가 맞지 않는 사람'이라고 하면서도 그가 지금의 독보적인 배우로 성장할 수 있었던 비결일 테다.

기자로서 나 역시 어느새 22년 차. 이제 회사에서 어느 자리에 가도 후배보다는 선배의 위치다. 선배들에게 밥을 얻어먹는 게 익숙했던 내가 이젠 더 많이 후배들을 먹인다. 기자로서 21년간 내가 쌓아온 나의 경험과 시간을 나와 같은 길을 걸어오는 후배들 그리고 인생의 동생들에게 나누어줄 차례.

나 역시 '혜수 언니'처럼, 다른 이들에게 성장의 밑거름이 되고 싶어졌다. 성장을 나누는 관계란, 얼마나 귀하고 아름다운가.

　그를 다시 만나 인터뷰하면서 받은 가장 큰 선물, 그건 바로 '김혜수라는 태도'다.

윤여준, 어른의 태도

내겐 '인터뷰 루틴'이 있다. 그 마무리는 신문 발송이다. 회사 행정지원팀에 부탁해 나와 인터뷰해준 이에게 우편으로 신문을 보낸다. 요즘은 온라인으로 기사를 보는 이들이 훨씬 많아졌지만, 일간지에 기사와 사진이 실리는 일은 누구에게나 특별한 경험이다. 그 기억을 고이 간직할 수 있도록 하려는 뜻이다. 귀한 시간을 내어 처음 보는 기자에게 자신의 삶을 얘기해준 인터뷰이에게 보내는 감사인사이기도 하다.

실은 여기엔 한 가지 숨은 뜻이 더 있다. 갈수록 실물의 신문을 구독하는 사람이 적어지는 이 시대에 한 사람이라도 더 신문을 보게 하려 함이다. 자신의 기사가 나온 면에 이르기까지 1면부터 신문을 훑어보다가 '한국일보 제대로 된 신문이네'라는 생각에 이르러 구독하는 독자가 1명이라도 늘어난다면! 그런 소박한 소망이 내 루틴엔 담겨 있다. 온라인에 뜨는 조각 기사 말고, 제호 아래 기사들이 어떻게 조화롭게 얽혀 있는지, 수많은 사건·사고·이슈 중에 왜 이 기사가 1면 머리기사에 올랐는지, 마지막 면에 게재되는 사설을 읽을 때쯤엔 '아, 이 사안은 이렇게 볼 수 있구나' 궁리하고 고민하게 되는 일. 그런 신문의 아날로그 매력을 조금이라도 맛보고, 그 경험을 하고 싶게 만드는 데 조금이라도 기여하고 싶어서다.

6년째 이 루틴을 반복하고 있지만, 애석하게도 신문을 받아본 이후 실제 구독하겠다고 연락을 해온 인터뷰이는 딱 한 명이었다. 윤여준 전 환경부 장관.

윤 전 장관은 내가 정치부에 처음 발령받았던 2005년 식사 자리에서 인사를 나누면서 알게 됐다. 그로부터 인연이 시작돼 얽히고설킨 정치판의 권력 싸움을 어떻게 봐야 할지 헷갈릴 때면 윤 전 장관에게 혜안을 구하곤 했다. 그러니 내겐 스승 같은 어른이다.

내가 윤 전 장관에게서 배운 건 '공직의 도'다. 정치인이 정치꾼으로 전락하고, 대통령이 진영의 수장 노릇에 빠지게 되는 이유는 그 자리의 무게를 몰라서다. 사인이아닌 공인으로서의 도리를 알아야 하는 게 바로 정치인의 기본자세임을 윤 전 장관 덕분에 깨쳤다. 공인이란 책임지는 사람. 국민의 녹을 먹는 공직의 무게만큼 사회에 환원하며 살고자 하는 의지가 공인, 그 두 글자에 담겨 있음을 윤 전 장관은 알려주셨다. 그저 타는 게 아닌 자신을 태워 정부를, 국가를, 공동체를 제대로 돌아가게 하는 연소의 역할. 그 일을 하는 자리가 바로 공직이라고, 윤 전 장관은 말했다. 이 잣대로 정치판을 들여다보면 정치인과 정치꾼이 가려졌다.

인터뷰로 윤 전 장관을 만났을 때였다. 윤 전 장관이 들고 온 서류 가방에 노란 리본이 달려 있었다. '세월호 참사'의 넋을 기리는 추모 리본이었다. 참사가 일어난 지 4년이 지난 때였다. 노란 리본을 가방에 단 그 마음이 궁금해 물었다. 윤 전 장관은 말했다.

"국가 역량이 파탄 지경에 왔다는 걸 세월호 참사가 보여줬어요. 열일곱 살 고등학생 250명이 무슨 죄를 지었다고 그렇게 참혹하게 희생돼야 하나요. 우리는 그건 곧 국가가 침몰했다는 의미라고 읽었죠. 그렇다면 이제 어떤 가치로 이 공동체를 묶을지 고민하고 답을 내놔야 해요. 어떻게 보면, 그건 보수라고 자임하는 사람들이 할 일이에요. 정부 수립하고 70년간 그들이 국가를 운영해왔기 때문이죠. 리본을 달고 다니는 건, 그래도 공직에 몸담았던 사람으로서 '세월호 참사'가 던진 '이게 나라냐'는 물음의 의미를 잊지 않기 위해서예요."

인터뷰 말미, '젊은 세대에게 전하고 싶은 말'을 청했을 땐 이렇게 답했다.

"이런 나라를 물려줘서 미안합니다."

그는 마치 목소리로 고개를 숙이는 듯했다. 어조로, 말하는 태도로 그 문장이 지닌 무게를 표현할 수도 있다는 걸 알았다. 짧고 담백한 그 한마디가 그렇게 묵직하게 다가올 수 없었다.

그 인터뷰가 나간 뒤에 윤 전 장관에게서 전화가 왔다.

"그러잖아도 사무실에서 신문을 한 부 구독하고 싶었는데, 이참에 '한국일보'를 봐야겠어요. 한국일보가 진영에 휘둘리지 않고 냉철하게 기사를 쓰네요."

감사의 뜻으로 부러 구독을 하시는 거란 걸 알아챘다. 윤 전 장관은 그렇게 3년을 우리 신문의 구독자가 돼주었다. 3년이 지나 다시 전화가 왔다. 개인 사무실을 정리하게 돼 신문을 받아볼 주소를 자택으로 옮기려고 한다는 얘기였다. 내가 보답할 차례였다. 30년 넘게 공직에 봉직했고, 그 이후에도 쓴소리로 어지러운 정치판이 중심을 잡는 데 역할을 해온 어르신에 대한 답례. 게다가 윤 전 장관 같은 정치 원로이자 오피니언 리더가 우리 신문을 꾸준히 보는 건 우리 회사에도 큰 도움이 되는 일이다.

윤 전 장관은 극구 만류했지만, 그때부터는 내 사비로 윤 전 장관에게 신문을 보내고 있다. 그런데 도리어 내가 선물을 받는 기분이다. 이토록 성실한 독자는 처음이다. '신문을 보내드리지 않았으면 어쩔 뻔했나' 싶을 정도다. 윤 전 장관은 이삼일에 한 번씩은 신문을 읽은 소감을 전화나 문자 메시지로 보내오신다. 눈에 띄는 특별 기획 기사라도 실리면 여든이 넘은 어르신이 손가락을 놀려 장문의 평을 쓰신다.

"이틀간 신문을 읽고 한국일보가 국민 실생활 관련 문제들을 중점적으로 다룬다고 느꼈어요. 그래서 호감이 갑니다. 정권이 거창하게 떠드는 검찰개혁도 그런 문제의식으로 접근해야 한다고 생각합니다. 그동안 검찰이 국민의 실생활에 끼친 해악이 워낙 많기 때문에 국민적 어젠다가 된 것일 텐데, 정권이 권력을 위한 도구로 만들 궁리만 하다가 일을 그르치고 말았죠. 제가 정확하게 본 것이라면 한국일보의 현명한 판단과 자세에 경의를 표하고 싶습니다."

"시대의 흐름을 선도하는 개인이나 신문이나 처음에는 다 외롭기 마련이라서 확신을 가지고 잘 이겨내야 합니다. 용기를 가지세요. 시간이 가면서 공감하고 응원하는 독자들이 늘어날 테니까요."

"이번에 국회에서 통과된 〈중대재해법〉에 대해 한국일보가 노동자의 생명을 존중하는 입장을 보인 점이 참 좋았습니다. 보수지들은 한결같이 기업의 입장을 두둔하는 논조를 보여서 실망을 넘어 분노를 느꼈거든요. 전태일 열사가 '노동자도 사람이다'라고 외치며 분신한 지 근 50년이 넘었는데 노동자를 생명이 아닌 도구로 보는 세력이 사회를 지배하고 있으니, 도대체 얼마를 더 기다려야 하나요? 그래서 한국일보의 논조가 반가웠습니다."

"한국일보의 지면이 매우 다양하고 풍성하면서 세상을 보는 눈이 따뜻하다고 느껴져 정이 가네요. 사람을 가르치려 들지 않는 겸손한 모습도 마음에 들고요. 제 나이 탓일까요?"

"그동안 하청업체가 원청의 횡포에 피해를 보는 기사들만 보다가 하청업체의 노동자 약탈 상황을 접하니까 충격을 받을 정도네요. 도대체 시장은 무엇이며 국가의 존재 이유는 무엇인지 시민으로서 진지하고 심각한 고뇌를 해보라는 메시지처럼 받아들여졌습니다. 앞으로도 이런 기사를 계속 발굴해주시면 좋겠습니다."

윤 전 장관의 '독후감'은 단순한 감상이 아닌 비평이었다. 애정이 어린. 기자로서도 대선배인 윤 전 장관의 평은 시선과 밀도가 남달랐다. 적지 않은 평들은 혼자 읽기 아까워 윤 전 장관이 언급한 기사를 쓴 기자나 취재팀에 공유하기도 했다. 내게도, 다른 기자들에게도 큰 격려가 됐다. 신문을 이토록 깊고 알차게 읽는 독자가 있다는 건 '신문장이'에게 더없는 보람이다.

윤 전 장관의 문자 메시지는 항상 '윤여준 드림'으로 맺었다. 사석에서 만나 식사를 할 때도 윤 전 장관은 늘 내게 먼저 문을 열어주신다. 처음에는 황송해 몸 둘 바를 몰랐는데, 해를 거듭해 그분과 교분하고 나서 알아챘다. 윤 전 장관의 몸에 밴 삶의 태도라는 걸. 그건 공동체를 향한 윤 전 장관의 최소한의 예의였다. 지위 고하가 아닌 사람 대 사람으로 상대를 대하는.

윤 전 장관은 내가 지금까지 인터뷰해본 공직자 중 가장 연장자였다. 청와대와 내각, 국회를 두루 거쳤으니 세속적인 의미의 '완장'으로 지위 고하를 따져도 고위 인사였다. 그러나 그의 태도는 가장 겸손하고 낮았다. 그것이 어른의 무게임을 윤 전 장관을 보면서 깨달았다.

요즘도 내 인터뷰가 실리는 날이면 어김없이 전화벨이 울린다. 인터뷰를 읽으며 오래전 사모님과의 추억이

나 윤 전 장관 모친의 인품을 짐작할 수 있는 일화도 듣게 됐다. 처음엔 혹여 신문을 무상으로 받아보는 부담감에 그러시는 건 아닐까 걱정됐지만 이제는 기사를, 신문을 매개로 윤 전 장관과 나누는 대화가 즐겁다. 나도 삶의 경험이 녹아든 태도와 혜안을 기꺼이 후배 세대에 나눠주는 어른이 될 수 있을까. 윤 전 장관을 보며 삶의 롤모델이 늘었다.

차 준 환 , 오 기 의 태 도

"기자가 되려면 필요한 자질이 뭔가요?"

이른바 '언론고시' 준비생들이 흔히 궁금해하는 것이다. 나도 그랬다. 기자가 되고 나서 내가 찾은 답은 이거다.

'오기와 체력, 끈기. 거기에 하나 더한다면 세상과 사람을 향한 애정'

그중에서 나를 지금까지 기자로 일하게 만든 가장 큰 힘은 뭐냐고 또 물어온다면 내 대답은 이거다. 오기.

왜 오기냐 하면, 어떤 일이든 마찬가지겠지만 기자는 만족이 없는 일이다. 그저 최선을 다할 뿐이지만, 그런다고 결과도 좋을 수 없다. 결과가 공공에 미치는 영향이 크니 그 부담은 막중하다. 게다가 기자는 주어진 시간 내에, 주어진 환경에서 가능한 모든 팩트를 발굴하고 확인해 의미를 만들어내야 한다. 거기에 한 가지 조건이 더 붙는다. 다른 언론사가 찾아내지 못한 의미.

그러니 '단독(보도) 경쟁'은 기자를 하는 내내 따라붙는 숙명과도 같다. 기자 초년 시절 나의 오기는 취재 현장에서 다른 기자는 찾아내지 못하는 팩트를 발굴하는 데에 집중됐다. 이유는 단순했다. '받아쓰기' 싫어서였다. 타사가 단독 기사를 쓰면, 어쩔 수 없이 그 기사를 받아 보도해야 한다. 사안이 위중할수록 그렇다. 심지어 확인도 안 되는 단독 기사라면, 타사 보도를 거의 그대로 인용해 써야 한다. 그게 자존심이 상했다. 기자 용어로 '물 먹는' 거다. 물을 먹고 나면 그 다음엔 만회하는 기사라도 써야 한다. 또 다른 단독 기삿거리를 찾아야 하는 게 불문율인 게다. 애초에 그러니까 물을 먹지 않는 게 속이 편하다.

그럼 그토록 싫었던 받아쓰는 걸 하지 않으려면 어떻게 해야 하는가. 내가 단독을 하면 된다. 그러니 고달팠다. 다른 기자보다 0.5센티미터라도 새로운 팩트를 찾아 헤매느라 '맨땅에 헤딩'도 숱하게 했다. 오기의 힘이었다.

게다가 내가 처음 기자를 시작한 매체는 당시만 해도 신생 언론사였다. 저널리즘의 관점에선 대안 언론으로 평가받았지만, 기자들 사이에선 '듣보잡 인터넷신문' 취급을 받기 일쑤였다. '인터넷신문에서 뭘 할 수 있어?' '저 매체에 제대로 된 기자가 있기는 있어?' 하는 시선. 그 고정관념을 반전시키려 부단히 애를 썼다. 가장 손쉬운 방법은 안 받고는 못 배기는 단독 보도를 하는 것.

10년 차가 지나고부터는 기자 집단을 향한 편견이나 선입견을 깨고 싶은 오기가 생겼다. 기자를 하면서 내가 가장 많이 들은 말은 '기자들은 원래…'였다. 그 뒤에 좋은 말이 따라붙을 리 없다.

"기자들은 원래 쓰고 싶은 말만 쏙 빼서 쓰잖아요."

"기자들은 원래 대접만 받잖아요."

"기자들은 원래 확인도 안 하고 쓰잖아요."

인터뷰 섭외 요청을 할 때 가장 많이 들었던 거절의 변도 비슷했다. 과거에 인터뷰를 했다가 경험한 안 좋은 기억 때문에 하고 싶지 않다는 답변이 많았다. 나는 "기자가 다 그런 건 아니에요. 그런 '기자 같지 않은 기자'는 극히 일부예요."라고 말하고 싶었다, 다름 아닌 '진짜 기자'의 태도로.

때로는 '이 오기가 나를 성장시킨 게 맞는 걸까' 의문이 든 것도 사실이다. 사전에서 오기라는 단어의 뜻을 찾아보면 '능력은 부족하면서도 남에게 지기 싫어하는 마음'이라고 나온다. 사전은 이 단어를 부정적으로 정의하지만, 내게 오기는 그렇지 않았다.

　차준환 선수를 인터뷰하면서 동지를 만난 듯한 기분이 든 건 그래서다. 2023 세계피겨선수권대회에서 그는 2위로 도약했다. 우리나라 남자 피겨 역사상 최고의 성적. 그가 대단한 건 세계 대회에서 은메달을 목에 걸어서가 아니다. '성장의 아이콘'이어서다. 2018 평창 동계올림픽에 남자 싱글 선수 중 최연소로 출전해 15위를 기록한 데 이어, 2022 베이징 동계올림픽에선 5위로 비약했다. 처음부터 완성된 선수가 아니라 넘어지고 또 넘어지며 하나부터 열까지 만들어낸 성과였다. 남들이 알아채는 성장을 하기까지 얼마나 많은 노력을 했을 것인가.

　20대 초반의 사슴 같은 눈망울을 한 차 선수의 입에서 '오기'라거나 '독기'라는 단어가 나올 줄은 예상하지 못했다. 그런데 오기는 그에게 성장판과도 같은 감정이었다.

　그가 열네 살이던 2015년 주니어 그랑프리 파견 선수 선발전에서 있었던 일이다. 그는 '블랙 스완'을 연기했다. 프리 스케이팅에서 첫 점프로 시도한 트리플 악셀. 그런데 그는 이내 미끄러지고 만다. 발목에 힘이 들어가지 않는 느낌. 그런데도 웬일인지 잇따라 같은 점프를 시도했다. 프리 경기에선 같은 점프를 단독으로 두 번 이상

뛰면 안 된다. 차 선수는 역시 넘어지고 말았다.

이것이 소년 차준환의 오기이자 자존심이었던 거다. 경기를 마친 그의 몸에 달린 검은 깃털들이 축 늘어졌다. 관중에게 인사를 하면서도 발을 헛디딜 정도로 힘이 빠진 상태였다. 차 선수는 당시를 회상하며 말했다.

"주니어 그랑프리에 데뷔할 수 있는 시즌인데, 선발전을 앞두고 발목 골절 부상을 당했어요. 정도가 심했죠. 한 달만 쉬고 1, 2주간 준비해서 선발전에 나갔으니 결과가 좋을 리 없죠. 그 시즌에 프로그램 구성도 높인 상태였는데, 그것도 낮추지 않고 시합에 나갔죠. 오기로 한 거예요."

결과적으로 그 오기가 지금의 차준환을 만들었다. 그는 '다른 선수들과 비교해보면 나는 재능보다 노력으로 이룬 게 더 많다'고 했다. 의외였다. 흔히 차 선수를 두고 '타고났다'는 평을 많이 하기 때문이다. 정작 그는 이렇게 말했다.

"재능보다 노력의 영역이 더 크다고 생각해요. 다른 선수들과 비교해보면 그걸 알 수 있어요. 저는 어떤 기술이든 쉽게 된 게 없거든요. 예를 들어 점프 하나를 뛸 수 있게 되면 연계되는 다른 점프까지 자연스럽게 되는 선수가 있어요. 저는 그렇지 않았죠. 하나하나 다 노력해서 만들어왔어요. 지금 생각하면 그렇게 공들여서 연습했기 때문에 탄탄하게 실력을 쌓게 되지 않았나 해요."

그 말을 듣고는 그의 특기인 이나바우어, 레이백 사이드웨이 스핀 같은 기술이 전과는 달리 보였다. 이나바우어는 앞쪽 다리는 굽히고 뒤쪽 다리는 편 채 스케이트의 두 날이 평행을 이루면서 빙판을 가로지르는 기술이다. 그는 허리를 뒤로 깊숙이 젖혀서 한다. 코어의 힘이 탄탄하게 뒷받침되면서도 유연해야 가능하다. 2초 남짓을 하기도 어려운 이 이나바우어를 그는 7초까지, 그것도 시선까지 빙판을 가로지르는 방향에 맞춰 옮겨 가면서 한다. 그래서 '차준환만의 이나바우어'라는 뜻에서 '준나바우어'라고 불린다.

'차준환' 하면 레이백 사이드웨이 스핀도 빼놓을 수가 없다. 마치 하늘에 왼팔을 매단 듯 든 채 상체를 옆으로 젖혀 회전한다. 제자리에서 돌아야 하는 스핀의 정석을 보여주는데다 자세가 우아해 탄성을 자아낸다.

점프 외의 이런 기술도 어느 하나 쉽게 된 게 없었다는 말. 하나하나 공들여 연습했기에 기본기 탄탄한 지금의 차준환이 됐다는 의미였다.

처음 시작할 때 피겨는 그에겐 그저 취미였다. 아역배우로 활동하던 그는 여덟 살 때 집 근처 아이스링크에서 열린 겨울방학 캠프에 갔다가 스케이트를 신게 됐다. 처음 탄 건 쇼트트랙. 별 재미를 느끼지 못해 피겨스케이트로 바꾸고 달라졌다. 기다리는 부모에게 "조금만~ 조금만 더 탈게."를 반복하다 문 닫을 시간이 돼서야 아쉬움 가득한 표정으로 링크장을 나서곤 했다. 그렇게 피겨를 좋아하니 스케이트 캠프가 끝나고도 계속 배우게 된 것이다.

취미로 했던 피겨에 승부욕이 생긴 계기가 있다. 2012년 첫 국제 대회인 아시안 트로피에 출전하면서다.

"트리플 5종 점프를 모두 뛰던 때거든요. 그런데 성장기가 시작되면서 갑자기 2종밖에 안 되는 거예요. 아시안 피겨스케이팅 트로피 대회에 갔더니 다른 선수들은 트리플 5종을 다 뛰더라고요. 그걸 보고는 갑자기 승부욕이 생겨서 현지에서 연습해서 5종을 다시 뛸 수 있게 됐어요. 그때 목표가 '1등 하고 싶다'였는데 실제 1등을 했죠."

그때 싹튼 승부욕에 진지함이 더해진 건 올림픽 출전 때였다.

"운동선수로서 올림픽 출전은 꿈이잖아요. 특히나 2018 평창 동계올림픽은 우리나라에서 열리는 대회라서 더 특별했어요. 피겨를 좀 더 잘하고 싶다는 생각이 들었고 나아가 피겨가 더욱, 확 좋아졌어요."

그를 만나기 전 내가 가장 궁금했던 건 그가 피겨를 대하는 태도였다. 그에게 피겨란 과연 어떤 의미인지 하는 것이다. 그게 고된 훈련을 버텨온 비결이 아닐까 짐작했다. 그의 입에선 예상하지 못한 답이 나왔다.

"단순해요. 아무 생각 없이 했어요. 그게 제겐 일상이니까. 또래 친구들이 학교 가서 공부하고 학원에 가듯 저는 링크장에 가서 운동을 했을 뿐이죠. 이제는 제 직업이 됐고요. 나를 중심에 둔 목표도 생겼죠. 내가 원하는 구성으로 만족할 만한 경기를 펼치는 것, 그게 제 목표예요. 어릴 때는 (방송 인터뷰에서) 올림픽에 나가 3등 안에 들고 싶다고 말했지만 지금의 제겐 그 자체가 목표는 아니에요. 메달은 따라오는 결과일 뿐이죠."

나는 내 직업을 어떤 태도로 대해왔나. 혹시 오기가 내 자신을 앞서진 않았나. 그 무엇도 내 자신보다 중요한 건 없는데 말이다. 나를 중심에 둔 오기여야 나는 내 일도 지치지 않고 할 수 있을 테니까.

그래도, 우리는 넘어질 수밖에 없다. 피겨 선수에게도 피해갈 수 없는 과정이다. 넘어질 때의 충격을 그는 어떻게 받아들일까.

"호흡을 하려고 해요. 넘어지면 경기의 흐름이 끊길

수 있는데, 호흡이라도 원래대로 가져가려고 노력하죠. 그리고 넘어질 때 의미 부여를 하지 않아요. 나는 길 위에 있고, 어차피 이건 과정이니까."

올해 우리 회사에 입사한 견습기자 교육에 들어갔을 때다. 그중 한 명이 차 선수의 그 말이 자신의 버팀목이 됐다고 말했다. (이른바) 언론고시를 준비할 때 힘든 순간이 많았는데, 그때 읽은 기사 중 하나가 차 선수 인터뷰였다는 것이다. '넘어질 때 의미를 부여하지 않는다. 나는 길 위에 있고, 이건 과정이다.'라는 차 선수의 말이 기자를 준비하며 여러 번 고배를 마셨을 그의 태도를 바로잡게 한 것이다.

내게도 마찬가지다. 시야가 좁아지려고 할 때 차 선수의 말을 떠올린다. 기자로서, 인터뷰어로서 나는 무엇에 도달하고 싶은가. '그 길 위에서 넘어지더라도 다시 일어나 걷는다면, 그래서 그 길 끝에 다다른다면 그 아픔이 무에 그리 대수겠는가.' 하고 말이다.

나는 차 선수의 인터뷰 기사 제목을 "차준환 '내 재능? 수없이 넘어져도 또 뛰는 오기와 독기'"라고 붙였다. 직업을 대하는 오기의 태도, 나를 잃지 않을 독기를 응원하는 마음으로. 그건 내게 해주는 격려이기도 했다.

마음으로 듣는, 김현숙

"이제 기자님이 말해봐요. 뭐 때문에 그렇게 힘들었어요?"

어느 봄날 점심, 배우 김현숙 씨와 '용리단길' 식당에서 마주 앉았다. 그는 내게 하얀 수국 한 송이를 안겼다. 그가 입은 민소매 블라우스 사이로 여기저기 부항 자국이 보였다. 나는 그가 그래서 좋다. 나 같아서. 작품에서 만나는 현숙 씨는 무척 훌륭한 배우지만, 실제 만났을 때 더 좋고 매력 있는 사람이다.

그와는 '인터뷰-엄마' 시리즈로 인연을 맺게 됐다. 인터뷰란 게 참 신기하다. 내가 알던 배우가 아닌 딸이자 엄마의 면모까지 보게 되면, 알게 된 시간과 상관없이 관계의 밀도가 높아진다. 아마 서로 살아온 시간이 교차하면서 직조되는 글이 인터뷰라서 그럴 것이다.

현숙 씨는 외모지상주의를 풍자한 KBS 〈개그콘서트〉의 캐릭터 '출산드라'(2005), 성차별 사회에 소심하지만 정의로운 일침을 날리는 '막돼먹은 영애씨'(2007~2019)로 잘 알려진 배우다. 그를 개그맨으로 아는 사람도 있지만, 그는 대학 시절 이미 단편영화 〈오래된 청혼〉으로 대학영화제에서 여우주연상을 탔고 이후로도 드라마와 뮤지컬, 영화를 놓지 않은 천생 배우다.

삶은 늘 그에게 고군분투였다. '막돼먹은 영애씨'(막영애) 시절에도, '맘mom돼버린 현숙 씨'가 된 지금도. 2015년 1월 아들 하민이를 낳고 6년 뒤 '싱글맘'으로 대중 앞에 다시 섰다.

그는 열아홉 살부터 주유소, 칼국숫집, 갈빗집, 분식집, 호프집, 생선구잇집, 사무 보조에 대학 축제 사회까지 해보지 않은 아르바이트가 없는 사람이다. 대학 등록금에 자기 용돈까지 해결하는 건 물론이고 집 생활비까지 보탰던 그는 그야말로 '소녀 가장'이었다.

이런 어린 시절 얘기부터 나누다 보니, 인터뷰 말미엔 마치 친구처럼 느껴졌다. 그와 나는 한 살 차이다. 인터뷰가 나갈 즈음이 마침 그의 생일이었다. 평생 주변을 챙기는 데 삶을 할애해온 그에게 '서프라이즈 선물'을 하고 싶었다. 생일날 나는 그의 촬영장으로 생화로 장식한

케이크와 카드를 보냈다. 예상치 못한 사람이 생일을 챙겼다는 소박한 기쁨을 선물하고 싶었다. 케이크 앞에서 감격한 표정으로 앉은 그의 사진이 내게 도착했다. 그래서였는지도 모른다, 인터뷰 이후까지 인연이 이어진 이유가. 그는 마음을 받을 줄 아는 사람이었으니까. 어느 날 불쑥 "기자님, 뭐해요?"라고 안부 전화를 하는 현숙 씨의 다정함도 한몫했다.

'용리단길'에서 만난 그날은 현숙 씨가 갑자기 내 얘기를 물었다. 지나가듯 내가 했던 말을 잊지 않았던 거다. 그 질문이 마치 '당신도 편하게 속을 풀어헤쳐 놓을 곳이 있어야 하지 않겠어요? 내가 그리 가까운 사이도 아니고 그런 얘기 하기에 딱 좋은 거리 아니에요?' 하는 듯했다.

나도 모르게 술술 내 얘기가 나왔다, 눈물까지 훔쳐 가면서. 평소엔 주로 말을 하는 현숙 씨가 그때만큼은 내게 집중했다. 그가 하는 말이라곤 "그랬구나.", "힘들었겠네.", "내가 그게 무슨 마음인지 잘 알지."였다.

한동안 내 얘기를 듣던 현숙 씨가 입을 열었다.

"불행은 남 탓을 할 수 있으나, 행복은 남에게서 찾을 수 없어요."

그는 가끔 정말 깜짝 놀랄 정도로 내공이 담긴 한마

디를 이렇게 툭, 내뱉는다.

인생이란, 행복이란 정말 그렇다. 그가 어떻게 해서 이 삶의 진리를 터득하게 됐는지 그 여정을 알기에 나는 더 깊이 공감했다. 인터뷰 때도 느꼈지만, 정말 잘 자란 그리고 지금도 성장하는 배우가 현숙 씨다. 주위에 조력자가 있었던 것도 아니라 더 대단하게 느껴진다.

이런 얘기를 주고받고 나니 그와 한층 더 가까워진 느낌. 결국 내게 일어난 그 사적인 것 같았던 사건들은 내 인터뷰의 방향을 잡아줬다는 데 나도, 그도 동의하기에 이르렀다. 읽는 사람 마음에 느낌표를 새기는 인터뷰는, 맨땅에서 이뤄지지 않는다.

그런 그가 마치 내 마른 마음에 물을 부어줘야겠다는 듯 또 말문을 열었다.

"당신의 글이 왜 좋은지 알아요? 저는 원래 시라는 장르를 좋아해요. 왜 좋아하느냐면 은유적이라서 좋아해요. 당신의 글은 길이는 산문인데 표현이 은유적이라 좋아. 행간이 있어요. 산문인데 행간의 의미가 있어요. 그만큼 상대를 바라보는 시선에 진정성이 있어서 그렇다고 생각해요. 미사여구를 바라는 사람이 볼 때는 '너무 담담한가, 무미건조한 거 아닌가' 이럴 수도 있겠죠. 나는 아니에요. 여백의 미가 있어요. 그래서 시적이라고 한 거예요. 그래서 고민의 흔적이 보인다는 거예요. 그래서 진정성이 느껴져요. 그래서 '쓸 때 되게 힘들었겠다' 싶어요. 어떻게 하면 내가 이 사람을 대신해서, 그의 말을 어떻게 하면 더 담백하면서도 잘 표현해줄 수 있을까를 고민하는 흔적이 보이는 글이잖아요. 고민이 역력하게 보여요. 그래서 당신의 글이 감사했어요."

그는 무슨 대사라도 읊듯, 숨도 안 쉬고 이 말을 해주었다. 마치 내 속에 들어갔다 나온 사람처럼. 인터뷰와 그 인터뷰를 둘러싼 힘들었던 시간을 한 번에 보상이라도 받는 기분이었다.

그러더니 이 말까지 덧붙여 나를 KO시켰다.

"진심이에요."

이렇게 마음으로 듣고 보는 인터뷰이를 만나는 건 실로 기적 같은 일. 인터뷰가 주는 고통은 늘 잊어버리고 기쁨과 행복만이 내 안에 새겨지는 건 현숙 씨 같은 인터뷰이 덕분이다.

구 원 의 태 도 를 알 려 준 , 임 천 숙

아직도 생생하게 기억나는 인터뷰가 있다. 과정부터 특
별했기에 그렇다. 아이돌 그룹 AOA의 멤버 찬미(도화로
개명) 씨의 어머니 임천숙 '천찬경머리이야기' 원장을 인
터뷰한 일이다.

우연히 과거 임 원장이 청소년 관련 포럼에서 강연한
기사를 본 적이 있다. 오갈 데 없는 청소년들에게 자신의
미용실을 쉼터처럼 내어준 사연이었다. 그를 꼭 인터뷰
해보고 싶었다. 그런 일을 하게 된 계기나 이유가 분명
있을 것 같았다. 마침 그의 스토리가 온라인에서 시나브
로 퍼지면서 그에겐 '찬미의 진짜 금수저 엄마'라는 별칭
까지 생긴 터였다.

간신히 그의 개인 연락처를 알아내 전화를 했다. 받

지 않았다. 모르는 번호여서 그럴 수도 있고, 한참 업무 중이라 그럴 수도 있다. 문자 메시지로 간단히 용건을 남겼다. 과거에 했던 강연이 인상 깊었고 그와 관련해 얘기를 들어보고 싶어 전화를 드렸다고.

1시간쯤 지났을까. 그에게 전화가 왔다. 인터뷰로 살아온 길과 함께 강연에서 밝힌 얘기까지 담고 싶다고 했다. 임 원장은 경북 사투리가 강했지만, 사교적인 어조로 내게 궁금한 걸 물었다. 찬찬히 들은 뒤 그는 말했다.

"인터뷰를 할지 말지 딸들과 가족회의를 해봐야겠어요. 이삼일 내로 연락을 드릴게요. 이런 제안을 해주셔서 고맙습니다."

나는 수긍했다. 초조하긴 했지만.

회신을 기다리며 그의 말을 곱씹는 동안 생각할수록 그 태도가 참 근사하게 느껴졌다. 민주적이고, 신중했기 때문이다. 그는 가장으로서 자신의 결정이 가족 구성원에게 미칠 영향을 고려해 섣불리 선택하지 않고 의견을 수렴하는 과정을 거쳤다. 미처 자신이 예상하지 못할 수도 있는 인터뷰의 장·단점까지 가족에게 들어볼 수 있었을 것이다. 그 대상이 당시 미성년인 막내를 포함한 딸들이라는 게 더 멋지다. 그리고 내 제안에 이런 민주적이고 신중한 과정을 거쳐 결정을 한다는 사실이 참 고맙기도 했다. 그만큼 내 인터뷰를 존중해준다는 뜻이므로.

그에게 이내 반가운 연락이 왔다. 하기로 했다는 것이다. 그는 그렇게 결정하게 된 배경, 딸들의 의견까지도 간략하게 전해줬다.

"저는 뭔가 큰 결정을 하기 전에 늘 딸들과 상의를 해요. 이번에도 단체 카카오톡(단톡방)으로 가족회의를 했죠. 큰애 경미와 막내 혜미는 '우와, 대박!'이라면서 괜찮을 것 같다고 하더라고요. 찬미가 좀 걱정이 됐죠. 찬미소속사를 통해서 인터뷰 제의가 많이 들어왔지만 제가 여러 번 거절했거든요. 그런데 찬미도 '먼 훗날 되새겨봤을 때 좋은 추억이 될 것 같아. 이 인터뷰는 하면 좋겠어.'라고 하더라고요."

무척 기분이 좋았다. 드디어 인터뷰를 하러 그가 사는 경북 구미시로 내려갔다. 그는 한번 결정하고 나면, 진심으로 그 일에 몰입하는 사람이었다. 솔직함으로 똘똘 뭉친 사람이 있다면 그가 아닐까 싶었다.

인터뷰를 하면서 알게 된 건, 그는 지금까지 여러 매체의 인터뷰 요청에 한 번도 응한 적이 없다는 사실이었다. 가족회의 단계까지 간 적도 없는 듯했다. 나와 인터뷰하는 동안에도 인터뷰나 출연을 원한다는 문자 메시지가 왔다.

더 놀라운 사실은, 그가 그렇게 인터뷰를 고사한 이유였다. 그는 말했다.

"대부분 제가 오갈 데 없는 '손님애들'(그가 청소년들을 부르는 말이다.)한테 선행을 한다고 생각하고 그 얘기를 들어보려는 인터뷰였어요. 그런데 그런 인터뷰가 나가게 되면 저는 선이고, 손님애들은 악인 것처럼 대비될 수 있잖아요. 전혀 그렇지도 않을 뿐더러 아이들에게는 상처가 될 수도 있죠."

그런데 이 인터뷰는 자신의 삶에 관한 인터뷰라 그렇게 단편적으로 비치지 않겠다는 생각이 들었다고 했다. 다만 자신이 인터뷰를 할 만한 가치가 있는 인물인지 의문이 들긴 했다면서.

그의 설명에 나는 속으로 감탄을 거듭했다. 이것이야말로 진짜 어른의 태도이니까. 그는 이미 가출했거나 가출 위기에 있는 10대, 엄마가 있긴 하지만 없는 것이나 마찬가지 처지인 10대에게 '또 다른 엄마'가 돼주는 일을 하고 있었다. 그런 지가 벌써 20년이 넘었다. 그의 미용실은 단순히 공간적인 의미의 쉼터가 아니라 어떤 청소년들에게는 마음의 집 같은 곳이었다.

경제적으로 여유가 충분해서 그런 것도 아니었다. 어린 시절 그의 집은 형제자매 셋이 모두 중·고교를 그만

두고 생업에 나서야 할 정도로 가난한 형편이었다. 아버지는 술과 노름에 빠져 빚만 지는 사람이었다. 심지어 열 살도 안 된 딸 둘을 소매치기로 내몰기까지 했다. 보다 못한 어머니가 자식들을 데리고 도망칠 정도였다. 그렇게 괴롭고 힘들었던 시절, 그는 속으로 바라고 기도했다고 한다. '아, 누구든 내 손을 잡아주면 좋겠다'고.

그 기도를 하늘이 들은 것일까. 미용 일을 가르쳐준 이월순 원장이라는 어른을 만나면서 그의 인생이 바뀌었다. "니는 평생 미용해서 먹고살 팔자 같다."면서 해준 칭찬 한마디, 난생 처음 들어본 이 긍정의 말이 그에게 자존감과 자신감의 샘을 파줬다. 그리고 그 역시 세월이 지나 청소년들에게 손 내밀어주는 어른이 되어준 것이다. 이런 것이 복의 선순환일 게다.

누구나 살면서 감사한 인연을 만난다. 은혜도 입는다. 나 역시 그랬다. 그런데 그간 나는 얼마나 갚아온 것일까. 돌아보게 됐다. 진짜 감사했고, 진짜 은혜로웠다면 그걸 나누고, 세상에 돌려줘야 한다. 임 원장의 인터뷰를 아직도 종종 읽어보면서 하는 생각이다. 그럴수록 정말 대단한 향기를 지닌 사람임을 절감하게 된다.

누군가에게 구원을 받았고, 자신 역시 다른 이의 삶에 구원이 돼준 그의 스토리가 내게도 구원이었다. 그를 인터뷰할 시기, 연재를 중단해야 할 위기에 맞닥뜨렸기 때문이다. 임 원장을 인터뷰하러 가면서 '이것이 이 시리즈의 마지막이겠구나' 생각한 게 그래서다. 새 부서장은 내가 '본업'에 충실하기를 바랐고, 나도 그 뜻을 거스를 수가 없었다.

인터뷰가 끝난 뒤 임 원장은 '이 동네에서 가장 유명하다'며 미리 준비해둔 꼬마김밥과 음료를 내게 안겨줬다. 서울로 올라가는 내 마음은 복잡한 회사 사정을 잊은 채, 인터뷰에서 받은 영감으로 벅차올랐다. '인터뷰 하기를 참 잘했다'는 생각에 미소가 지어졌다.

공교롭게도 인터뷰 마감을 한 날은 크리스마스이브 전날이었다. 새벽 6시 30분에 출근해 밤 10시까지 시간이 어떻게 흐르는지도 모른 채 몰입해서 썼다. 집으로 돌아가는 길, 나는 나를 칭찬하고 칭찬했다. 그리고 기도했다. 이 인터뷰가 전환점이 되게 해달라고. 구체적으로 뭘 바라고 한 기도가 아니었다.

사흘 뒤 인터뷰가 출고됐다. 반응이 뜨거웠다. 하루 종일 이 인터뷰는 회사 안에서도 밖에서도, 온라인에서도 오프라인에서도 이슈였다. 기사 하나 때문에 임 원장은 물론 그의 딸 찬미 씨까지 실시간 검색어 1, 2위에 오를 정도였다. 댓글은 양대 포털 사이트를 합해 5000건

이 넘게 달렸다. 회사에도 기록적인 온라인 트래픽을 안 겼다. 임원진은 "이 인터뷰 연재를 왜 그만하느냐?"고 했다. 결과적으로 연재의 명맥을 잇게 된 계기가 됐다. 임원장이 인터뷰로 알려준 삶의 태도도, 그리고 그걸 담은 기사도 모두 내게는 다시없을 선물이 됐다.

그때 기사에 달린 댓글을 나는 텍스트 파일로 보관해 뒀다. 힘든 일이 닥칠 때, 내가 왜 인터뷰를 하고 있는지 회의가 들 때, 내 삶의 태도를 돌아보고 싶을 때 그 댓글들을 읽는다.

"이분 뭐지…. 기사를 정독하게 만드시네. 삶을 저렇게 열심히 살아내는 분도 있구나. 자식 열심히 뒷바라지하면서 남도 돌보기 쉽지 않은 일인데 진심 존경스럽다. 늘 건강하셔서 오래도록 선한 영향력을 간직해주세요."

"보통 누군가의 어릴 적 어려움을 들으면 눈물이 나는데 이분의 이야기엔 눈물이 나질 않는다. 과거로 다시 돌아가고 싶은 순간이 없다는 말에 이분의 삶이 얼마나 치열했는지, 그리고 얼마나 열심히 살아오셨을지 그저 짐작할 수밖에 없게 된다. 예쁘게 포장돼 눈물을 훔치는 과거사가 아니라 너무나 현실적이어서 눈물조차 어색한 진짜 삶의 이야기를 들은 것 같다. 오늘 또 존경할 만한 사람을 알게 되었다."

"정말 오랜만에 긴 기사 정독했습니다. 읽으면서도 내내 대단하다는 생각밖엔 안 들더군요. 보통 사람 같았으면 포기해버리고 나락으로 떨어질 만한 상황에 처해졌음에도, 본인만의 기술을 습득해 남들에게 베풀며 사는 것은 정말 쉽지 않은 일일 거예요. 그간 고생 많으셨어요. 앞으로 하시는 일마다 잘되고 행복만 가득하면 좋겠습니다."

"기사 한 글자도 안 넘기고 다 읽었네요. 정말 감동적이에요. 아름답고 소중한 인터뷰예요. 많은 것을 느끼고 배웠어요. 감사해요."

"읽으면서 울컥울컥했어요. 인생을 사는 데 돈이 전부가 아니라고 생각하면서도 내 옆을 둘러보기가 결코 쉽지 않은데. 정말 대단합니다."

인터뷰 하나가 사람 마음에 어떻게 사랑과 생명의 씨앗을 뿌릴 수 있는지 새기고 새긴다. 내가 힘들었던 시기, 임 원장의 인터뷰가 내게 구원이었듯, 내 인터뷰가 누군가에게 구원으로 다가갈 수도 있음을 기억하면서 오늘도 나는 인터뷰를 한다.

김 영 철 이 만 든 '솔 의 태 도'

"힘을 내요. 슈퍼 파~월!"

솔의 목소리. 그를 떠올리면 '도레미파솔'의 그 솔이 생각난다. 코미디언이자 방송인인 김영철 씨 얘기다. 그는 방송에서도, 평소에도 목소리의 음이 '솔'이다. 그를 인터뷰할 때 그리고 우연히 사석에서 두어 번 마주친 뒤 느낀 것이다. 목소리가 솔인데, 표정이 '도'일 리 없다. 그를 만나면 왜 기분이 좋아지나 곰곰 생각해보니 그랬다.

수년째 내 출근길 라디오 주파수가 107.7에 고정돼 있는 것도 그가 진행하는 〈김영철의 파워 FM(철파엠)〉을 듣기 위해서다. 직장인들이 하루를 시작하며 듣는 라디오방송은 무조건 유쾌해야 한다. 그의 목소리 톤은 그런 아침 방송에 매우 적합하다. 피곤한 날도, 다소 우울한 날도 그의 라디오방송을 듣고 있노라면 어느새 입가에 미소가 피어난다.

게다가 그는 탁월한 진행자다. 특히 인터뷰를 잘한다. 짐작하기에, 인터뷰이 입장에서 인터뷰할 줄 알기 때문일 것이다. 그런 센스와 공감 능력은 유명인이 출연했을 때도 발휘되지만, 누구보다 일반 청취자를 인터뷰할 때 빛을 발한다. 퀴즈를 풀어 맞히면 선물로 간식을 보내주는 코너가 있는데 그때 잠깐 청취자와 대화를 나누는 시간이 있다. 다양한 연령대와 직업의 청취자들을 인터뷰하는 그를 보면서 여러 번 놀랐다.

이 코너엔 전화 연결된 청취자에게 김영철 씨가 유행가의 한 구절을 선창하면, 청취자가 그 뒷부분을 이어 부르는 이벤트가 있다. 성공하면 '보너스 상품'을 준다.

하루는 연결된 청취자가 노래를 화답하다 쑥스러운 듯 웃음을 터뜨렸다. 김영철 씨가 함께 웃으며 곧장 말했다.

"저 웃음이 나오는 이유를 알아요. 이 아침에 갑자기 노래를 하라니까 했다가 느껴지는 '현실 자각 타임(현타)' 때문, 그쵸? 그래도 그 덕분에 보너스 선물 하나 획득했고요!"

이 코너에 연결되는 청취자는 모두 평범한 일반인이

다. 전국에 방송되는 프로그램에 전화로 인터뷰도 하고 퀴즈도 맞히고 노래도 부르려면 '프로 방송인'도 간단치 않을 테다. 그만큼 일반인에겐 부담이 크다. 김영철 씨는 그런 마음을 헤아리고 이렇게 마음을 녹여준다. 그의 이런 태도에 전화로 그를 만나는 청취자들은 마치 오래 알고 지낸 친구와 수다를 떠는 기분이 들 것이다.

가끔 청취자가 전화 연결이 된 줄 모르고 가만히 있는 경우도 있다. 방송에선 이런 쉼(블랭크)이 3초 이상 지속되면 방송 사고로 친다는 말을 들은 적이 있다. 이날이 그 사고가 날 뻔한 날이다. 김영철 씨가 전화로 연결할 청취자의 사연을 소개한 뒤 "자, ○○○님!"이라고 인사를 했는데도 상대가 묵묵부답이었던 거다. 그러자 그는 재빨리 우스꽝스러운 목소리로 "헬로우?" 했다. 상대는 그제야 무척 당황했다는 듯 "네?!" 했다. 그러자 김영철 씨는 웃음을 터뜨렸다.

"이런 걸로 이렇게 웃음을 주실 거예요. 하하하."

사고가 될 뻔했던 순간이 개그의 시간으로 바뀌었다. 청취자도, 방송 스태프도 안도했을 테다.

그는 어떤 상황에서도 상대방을 무안하게 만들지 않는다. 오히려 자신이 그렇게 되는 쪽을 택한다. 코미디언이니까 자기가 우스워지는 게 직업적 장점이 될 수도 있을 것이다. 그런데 그걸 넘어 그가 단단한 사람이기에 가능한 게 아닐까 하는 생각이 들었다.

인터뷰할 때도 역시 그는 '솔'의 톤이다. 솔이란 음이 이렇게 상대를 편안하면서도 기분 좋게 만드나 싶을 정도다. 자연인인 그에게도 일상의 고단함과 여러 희로애락이 있겠지만, 적어도 방송에서 그걸 드러내지 않는다.

어느 날 방송에서 그는 이렇게 말했다.

"저는 (태도를) 연습해서 이렇게 된 거예요."

'솔'의 태도와 음성은 타고난 게 아니라 노력의 결과였던 거다.

그날 그의 얘기를 듣는데, 그렇게 위안이 될 수가 없었다. 그때 나는 예상치 못하게 질병으로 장기 병가까지 내고 매일 우울함의 정점을 찍는 중이었다. 삶이 피폐했고, 의미를 찾기가 어려웠다. 말하자면 사막을 무한정 걷고 있는 느낌이랄까.

화를 내는 순간도 많았다. 의사에겐 왜 늘 똑같은 말만 반복하는지 속으로 반문했고, 회사엔 '내가 이렇게 된 게 다 네 탓'이라며 불만을 늘어놓았다. 나 자신에겐 그보다 몇 배로 '이렇게 노력하는데 왜 빨리 낫지 않아?' '그동안 자처해서 스트레스를 받아 몸이 이렇게 된 거 아니야?' '몸을 아꼈어야지' … 분노하고 분노했다. 병의 원인이 된 스트레스를 되레 키우고 있던 거다.

그러니 기분도 안정적일 리가 없었다. 한동안은 대인기피증 아닐까 의심될 정도로 집 밖에 나가는 걸 꺼렸다. 나는 마치 불행해지기로 작정한 사람 같았다. 그런데 김영철 씨의 그 말을 듣는 순간, 행복은 연습으로도 가능하다는 희망이 생겼다.

5년 전 그를 인터뷰했던 때가 떠올랐다. 살면서 그가 가장 힘들고 슬펐던 시기를 그때 들었다. 청소년기에 교통사고로 형을 잃었던 것이다. 한동안 그는 그 아픈 기억을 입 밖으로 꺼내지 않았다. 그러다가 문득 이런 생각이 들었다고 한다.

'한두 개쯤 아픈 가족사 없는 집이 있을까. 이건 내 약점이 아니라 나의 스토리야.'

남편과 아들을 먼저 저세상으로 보낸 그의 어머니는 어떤 세월을 보냈겠나. 그런데 그의 집안은 제사를 준비하면서도 한두 번은 꼭 웃음보가 터질 정도로 웃음이 많다고 했다. 그는 그런 자기 가족의 분위기를 '까르르 집안'이라는 말로 표현했다. 어머니의 노력 덕분일 거다. 어느 날 그의 어머니가 그에게 이렇게 말했다고 한다.

"엄마가 속이 없어 그랬겠나. 나라고 울었던 적이 와 없겠노. 와? 그렇다고 지금 울까."

어머니에게서 그는 슬픔은 때로 감추는 것, 웃음으로 승화시킬 수 있는 것임을 배운 거다.

간혹 실패해도 그는 자신의 유행어인 "안됐잖아, 실패했잖아!"를 중얼거리며 다시 노력한다. 그렇게 '영어 잘하는 코미디언'이 됐고, 매해 '동시간대 최고 청취율' 기록을 쓰는 DJ가 됐다. 자신의 이름 앞에 붙는 수식어 중 '슈퍼 파월'을 가장 좋아한다고 했는데 그 슈퍼 파워 Super Power는 노력의 산물이었다.

노력해서 얻어지는 행복, 그 힘을 한번 믿어보기로 한다. 연습으로 저런 텐션, '솔의 태도'를 만들었다면 나도 가능할 것이다. 게다가 그를 만나봐서 아는데, 그 밝음은 힘이 세다.

김 연 아 는 김 연 아 로 남 겨 두 겠 어 요

인터뷰어마다 '장기 프로젝트' 인터뷰이가 있기 마련이다. 한 번에 섭외되지 않아 시간을 두고 지속적으로 설득해야 하는 인터뷰이. 대개 '셀럽(셀러브리티)'들이다.

"시간이 없어서…."

"지금은 할 말이 없으니 무르익으면…."

"작품 홍보 기간이 아니라서…."

이유도 다양하다. 심지어 "어느 한 군데만 인터뷰하면 난리가 나서…."라는 소명을 들은 적도 있다. '원 오브 뎀' 기자에 불과한 나를 탓할 수밖에. 그러니 '온리 원'이 되자고 다짐하는 수밖에.

어쨌든 기자인 나는, 그렇게 거절을 당해도 다시 도전한다.

"이런 인터뷰, 이런 기자가 있다는 것을 이 기회에 기억해두시고 혹시 인터뷰할 마음이 들면 연락주세요. 저도 종종 전화로 인사드리겠습니다."

꼭 인터뷰하고 싶은 인물일수록 생각날 때마다 연락해 다시 의사를 타진한다. 그래서 '장기 프로젝트'다.

내겐 피겨 국가대표 출신 김연아가 그런 존재다. 꼭 인터뷰하고 싶었고 궁금한 것도 많았다. 화보나 CF로 김연아를 보면 '아, 내가 인터뷰를 해야 하는데'라고 중얼거리곤 했다.

난 그의 오랜 팬이다. 주니어 선수 때부터 경기를 챙겨봤고, 지금도 마음의 고요가 필요할 때면 유튜브로 과거 경기 영상을 보곤 한다. 나아가 누군가 존경하는 사람을 묻는다면, 나는 '선수 김연아'라고 말한다. 피겨의 주요 대회인 올림픽, 세계선수권, 4대륙선수권, 그랑프리 파이널에서 모두 우승해 그랜드슬램을 달성한 유일한 여성 피겨 선수, 노비스(만 13세 이하) 시절부터 출전한 모든 대회의 시상대에 오른 '올포디움'의 역사를 쓴 선수, 그 역사적인 인물이 김연아다.

내가 그를 좋아하는 건 피겨 성적 때문만이 아니다. 무엇보다 그의 멘털이 부럽다. 예를 들면 이런 것. 빙판에서 연기를 시작하기 전 그가 꼭 하는 루틴이 있다. 성호를 그은 뒤 두 손을 모으고 잠시 기도하는 것이다. 3초 남 짓이다. 처음에 무척 궁금했다. 뭐라고 기도하는 걸까. 나라면 '오늘 실수하지 않고 경기 마치게 해주세요' 또는 '후회 없는 경기하게 해주세요' 같은 축복을 바라는 기도 를 했을 것이다. 그도 그러지 않을까 짐작했다.

그런데, 아니었다.

"오늘도 이렇게 건강하게 두 발로 빙판에 서게 해주 셔서 감사합니다."

그는 이렇게 기도한다고 했다. 기도의 가장 상위 레 벨은 '그리하시지 않을지라도 감사합니다'라는데, 10대 시절의 김연아는 이미 그런 경지에 올랐다.

루틴의 힘을 알려준 이도 그다. 내게도 기자이자 인 터뷰어로서 매일 해내야 하는 과업이나 루틴들이 있다. 그것이 지루하게 느껴질 때도 물론 있다. 그때 김연아의 말을 떠올리는 것이다.

그가 나온 다큐멘터리의 한 대목이다. 스트레칭을 하는 그를 찍던 촬영 스태프가 '무슨 생각 하냐'고 질문하 자, 그가 웃으며 이렇게 답했다.

"무슨 생각을 해, 그냥 하는 거지."

그렇게 20년을 하루같이 몸을 풀고, 넘어지고 일어 서 다시 뛰며 김연아는 김연아를 만들었다.

김연아의 팬들은 안다. 절대 자기 자신과 싸우기만 하면 되는, 그런 시합의 역사가 아니었다는 걸. 피겨 경기장 하나 변변치 않았던 대한민국이었다. 놀이공원 아이스링크에서 대중의 호기심 어린 눈길을 받으며 인파를 비집고 연습해야 하는 시절이 있었고, 도무지 발에 맞는 부츠를 찾지 못해 망가진 부츠에 테이프를 감고 경기에 나서야 하기도 했다. 게다가 피겨판은 피겨 강국들에게는 후하고 피겨 약소국에겐 유난히 박해 편파 판정 시비가 잦은 곳이다. 김연아는 누가 심판을 본다고 해도 감점할 수 없는 점프와 연기의 수준에 오르기 위해 부단히 노력했다.

그러했으니 그런 정신력이 다져진 건지도 모르겠다. 심지어 두 번째이자 마지막 올림픽이었던 2014 소치 동계올림픽에서 김연아는 '클린 경기'를 하고도 은메달을 목에 걸어야 했다. 금메달은 중요한 점프를 '두 발 착지' 하는 실수를 한 개최국 러시아의 선수에게 돌아갔다. 외려 외국 언론들이 더 분개한 사건이다. 나는 분노해 울고 있는데, 김연아는 경기 후 인터뷰에서 말했다.

"나보다 금메달이 더 간절한 선수에게 갔다고 생각해요."

그러니 이 도인의 경지에 오른 선수의 시간이 어

찌 궁금하지 않을 수 있겠나. 아이스쇼 프로그램 중 'Someone like you'를 마친 뒤 펑펑 운 적이 있는데 왜 그랬는지 같은 섬세한 질문부터 빙판에서의 성장기, 피겨만 하느라 포기해야 했던 시간, 그간 경험한 수없는 성공과 실패, 선수가 아닌 자연인 김연아의 미래, 피겨를 넘어선 인생의 꿈까지…. 내 물음은 산처럼 쌓여갔다. 마음속 질문지는 계속 그렇게 업데이트됐다. 김연아 선수 쪽에 몇 번 섭외 요청을 했지만 결과는 '무응답'.

그러다 어느 순간에 번뜩 이런 생각이 들었다.

'꼭 그를 인터뷰해야 할까.'

인터뷰는 취재원과의 거리가 중요하다. 너무 멀어서도, 너무 가까워서도 안 된다. 나는 김연아 선수와 불가근불가원不可近不可遠의 거리를 지킬 수 있을까, 아니 그러길 원하는 걸까. 기자와 취재원이라는 냉정의 온도를 유지한 채 기사를 쓸 수 있을까. 객관적인 시선과 태도로 그를 바라볼 수 있을까.

아니어도 된다는 결론에 이르렀다. 한 명쯤은 그런 거리도, 온도도, 태도도 지킬 필요가 없는 '워너비'가 기자인 내게도 있어야 하지 않을까. 누구에게나 그런 '무조건적인 로망'은 필요하니까. 떠올리기만 해도 흐뭇하고, 바라보기만 해도 설레는.

그래서, 포기하기로 했다. 나는 기자가 아니라 팬으로서 그를 마음 놓고 동경하길 택했다. 그가 어떤 선택을 하든 응원하기로, 김연아는 김연아로 남겨두기로 말이다. 그런 별 같은 대상쯤 하나 있어야 나도 숨통이 트일 것 같다. 물론 나의 이런 고민과 결론을 그는 전혀 모르겠지만 말이다.

2

마음을 여는 언어

거 절 당 할 용 기

'그다지 재능도 없는데 운도 따라주지 않는 욕망덩어리.
신이시여, 그런데 왜 제게 남의 능력을 기가 막히게 알아
보는 눈은 주셨나요. 모차르트가 아닌 건 진작에 알았지
만, 살리에르까지 되고 싶진 않았어요.'

인터뷰를 하면서 적잖이 드는 감정이다. 정확히는
섭외할 때다.

독자들에게 가닿는 인터뷰는 철저히 결과다. 눈이
밝아 그런 인터뷰이를 발굴했고, 운이 좋아 그가 섭외
요청을 수락했으며, 인터뷰 당일 그가 무탈하게 인터뷰
장소에 도달했기에 이뤄졌으니까. 나와 인터뷰이의 교
감이 독자들의 마음에 공감까지 일으켰다면, 그야말로
'100%의 인터뷰'. 이것이 바로 인터뷰의 기쁨이다.

그런데 그렇게 되기까지 과정이 너무나 힘든 작업이 또 인터뷰다. 실제 인터뷰 하나가 성사되기까지 나는 많은 거절을 겪는다. '셀럽'일수록 그렇다.

"프로모션(홍보) 일정이 끝나서…."

"말 한마디의 파급력이 너무나 큰 아티스트라 조심스러워서…."

"어느 한 군데하고만 인터뷰하면 다른 수많은 언론사의 원성을 사서…."

대개 그의 언론 대응을 도맡는 홍보대행사나 소속사에서 내놓는 이유지만, 야속한 건 도리가 없다. 거절일뿐인데도 거부당한 마음이다.

그에게 섭외 요청을 하기까지, 나는 그에게 어떤 메시지를 끌어낼 수 있는지 파고 또 파고, 공부하고 또 공부한다. 확신이 들면, 어떻게든 연락처를 구해 '인터뷰하고 싶다'고 요청한다. 그건 '요청'이라는 무미건조한 말로 압축하는 것이 서러울 정도로 복합적인 과정. 설득도 했다가, 동정심을 자극하기도 했다가, 내가 당신을 얼마나 인터뷰하고 싶은지 읍소도 한다. '러브레터'가 이렇지 않을까 싶다. 섭외라는 건, 내게는 흡사 짝사랑에 빠지는 과정이다.

그래서 때로 아니 자주, 참으로 구차하다. 이런 안달

복달, 애걸복걸, 안절부절이 있단 말인가. 어떤 인터뷰어가 섭외의 노력을 두고 "인터뷰의 가치를 인지하지 못하는 권한 없는 담당자에게 정성을 기울이는 것만큼 힘 빠지고 자존감 떨어지는 일도 없다고 느꼈다."고 말한 것을 봤는데, 맞다. 섭외는 끊임없이 자존감의 바닥을 시험받는 과정이다.

그런데 그러면서도 나는 두드리고 또 두드린다. 그 문이 인터뷰이에게로 가는 적확한 관문인지 아닌지 매번 알 수는 없다. 다만, 내가 관문으로 여긴 그도 사람이고, 인터뷰이도 사람이라서 어느 방법이 통할지는 아무도 모른다는 것만 안다. 그렇기에 최선을 다해보는 것이다. 엄마가 곧잘 하는 말 중에 '어느 구름에 비 올 줄 알고'라는 게 있는데, 딱 그렇다.

다행히 기자는 정치·사회·경제부 같은 주요 부서를 두루 돌면서 경험을 쌓는다. 단순히 어디를 출입해봤다, 누구를 취재해봤다는 경력 몇 줄이 아니라 결국은 거절당해도 포기하지 않는 법을 훈련받는 시간이다. 그 사람이 나올 때까지 기다려서 한마디를 얻어내는 '뻗치기'가 그렇고, 때로는 쓰레기통이라도 뒤져 단서가 될 종이쪽지 한 장을 찾아본 경험이 그러하며, 밀담을 나누는 주요 정치인들이 내뱉는 핵심 키워드라도 들어보려는 '귀대기'가 그렇다. 개인 김지은이 아니라 기자 김지은이기에 가능한 일이다.

그렇게 맷집과 오기를 기른 나지만, 거절당하는 일엔 도무지 익숙해지지가 않는다. 섭외가 짝사랑이라면, 거절은 그 사랑에게 '노No'라는 답을 듣는 일이다.

앞서 내가 들어온 거절의 사유를 열거했지만, 내게는 결국 '네가 유명 인터뷰어가 아니라서'라는 말로 들린다. 그렇게 공들였던 인터뷰이가 나의 제안은 단박에 거절하더니 〈유 퀴즈 온 더 블록〉에 나온 것을 볼 때, 나는 유재석이 되기를 열망한다. 내가 유재석이었더라면 그는 지금 내 앞에 있으리라. TV를 바라보는 그때의 내 눈은 마치 모차르트를 몰래 훔쳐보는 시기와 질투로 이글거리는 살리에르와 닮았을 테다.

심지어 나는 섭외하기 전 '그가 과연 인터뷰를 하겠어?'란 의심조차 하지 않는다. 세상에 내가 만나지 못할 취재원은 없다고 생각한다. 내가 나를 믿지 않는데, 인터뷰이가 내게 신뢰가 생기겠나 싶어서다. 그의 마음을 확인하기 전까지 어떤 속단도 금물이다. '이럴 것이다, 저럴 것이다'라는 섣부른 짐작이나 선입견은 기자의 머릿속에서 지워야 할 문구라고 나는 배웠다. 머릿속 물음표를 느낌표로 바꾸는 게 나의 일일 뿐.

그래서 더 아픈 걸까. 차라리 '거절당할 수도 있다'고 마음의 준비라도 충분히 해놓았다면, 충격이 덜할까.

오늘도 나는 거절당하고 쓴다. 그래도 '인터뷰하고 싶다'는 욕망을 접을 수가 없다. 수많은 실패를 딛고 길어내는 성공 하나, 그러고도 포기하지 않고 다음 인터뷰이에게 같은 공을 들이는 것, 그것이 인터뷰의 슬픔이다.

여기까지 쓰고 글을 마무리할 생각이었다. 그런데 내 생각의 고리가 한 단계 더 나아갔다. 만약 내가 진짜 유재석이라면 어떨까 하는 자문 그리고 상상.

'나는 유재석이다. 누구나 나를 한번쯤 만나고 싶어 한다. 내가 인터뷰어라는 사실만으로 인터뷰에 응할 이유가 된다. 그렇게 대중이 궁금해하는 인물들이 기꺼이 내 앞에 앉는다. 심지어 나는 섭외를 직접 할 필요도 없다! (야호)'

그런데 그래서? 그래서 나는 어떤 간절함으로 인터뷰를 할 수 있지? 실패의 맛을 모르고, 실패 뒤에 오는 성공의 감사함을 모르는 나는 어떤 눈빛으로 인터뷰이를 바라볼까? 그런 나는 충분하고도 충만하게 인터뷰이와 교감할 수 있을까? 오늘 내가 하는 인터뷰가 이토록 달콤한 건, 섭외의 고통이 있어서가 아닐까. 인터뷰의 기쁨과

슬픔이 하나라는 이 해괴한 아이러니. 이것이 인터뷰의
마약 같은 매력이다.

거 절 의 품 격

———————

인터뷰 시리즈를 본격적으로 시작하면서 실연의 아픔도 쌓여갔다. 인터뷰 제안이라는 나의 '러브레터'를 받아들이는 취재원보다 그렇지 않은 이들이 더 많다. 독자들은 의아해할는지 모르지만, 이게 현실이다. 실연에 빗대는 상처가 되는 건 거절의 이유들을 납득하기 어려운 경우가 더 많아서다. 그럴 때 나는 당신이 이 인터뷰를 왜 해야 하는지를 더 설득하려고 노력한다. 성공하는 경우는 극히 드물지만, 그래도 그렇게 최선을 다해봐야 후회가 남지 않을 것 같아서.

그런 나도 한 번에 수긍하는 일이 더러 있다. 거절의 이유가 심정적으로 혹은 논리적으로 타당해서다. 전직 장관이자 정치인을 인터뷰하려고 섭외에 공을 들인 적이 있다. 한창 때 그는 독설로 이름을 날렸다. 토론이 붙을 때마다 '이기는' 사람이었다. 상대 진영에선 '저렇게 옳은 말을 이토록 얄밉게 잘하는 사람은 처음 본다'며 혀를 내둘렀다.

그 시기 그의 눈빛은 매섭고 날카로웠다. 입가엔 마치 박제된 것처럼 자신감 넘치는 미소가 흘렀다. 그런 그는 여러 우여곡절, 정치적 동반자와의 이별 같은 사건을 겪으며 여의도를 떠났다. 간간이 대중 앞에 모습을 드러내던 그의 얼굴은 점점 변해갔다. 눈매의 힘이 빠지고 눈동자는 더 깊어져 서글퍼 보이기까지 했다. 웃고 있는데도 우는 듯 보일 때도 있었다. 그렇게 얼굴이 바뀌기까지 그의 속내가 궁금했다. 삶을 바라보는 시선이 바뀌었기 때문이라고 짐작됐으니까.

그는 그러나 모르는 기자의 전화는 아예 받지도 않았다. 그러니까 나는 목소리도 들을 수 없었던 거다. 장문의 문자 메시지를 여러 개 남겼다. 그는 '감사하지만, 언론 인터뷰를 모두 사양하고 있다'며 '정치뿐 아니라 삶에 대한 얘기도 더는 하지 않으려 한다'고 양해를 구했다. 나는 '알겠다'고 하면서도 뒤에는 그를 인터뷰하고 싶은 이유를 구구절절 덧붙였다. 그랬더니 이런 답이 왔다.

"다들 바뀐 얼굴이 좋다는데…. 사실은 그게 좋은 게

아니라고 생각합니다. 포기, 거리 두기, 도전 정신 억누르기의 결과거든요. 저는 칭찬받는 제 얼굴의 변화가 슬픕니다. 그리고 이런 얘기를 내놓고 하기 싫어서 인터뷰를 안 합니다. 양해해주셔서 고맙습니다."

이런 거절의 변이라니. 꼭 인터뷰로 더 얘기를 듣고 싶어 나는 안달이 날 지경이었다. 그러나 납득할 수밖에 없었다. 나는 더 이상 그를 귀찮게 하지 않기로 했다.

그때 알았다. 거절에도 품격이 있다는 것을.

그 뒤로도 나는 종종 거절의 품격을 만났다. 5년 전 거절당하고 다시 인터뷰 제안을 했지만 또 거절한 영화 감독도 있다. 내 쪽에선 5년을 기다리다 '때가 됐다' 싶어 거듭 요청한 거였다. 그래도 나는 그가 밉지 않았다. 그다지 상처도 받지 않았다.

5년 전 그는 이렇게 말했다.

"최근 개봉한 영화 홍보로 작은 인터뷰들을 너무 많이 해서 내 안에 말이 남아 있지 않습니다. 속내를 박박 긁어낸 느낌입니다. 하고 싶은 말이 차오르면 그때 당신과 인터뷰를 하겠습니다."

그런데 이번엔 이렇게 말했다.

"나이가 들면서 말을 줄여야겠다는 생각이 들더군요. 결심까지 했습니다. 그와 별도로 당신의 인터뷰 코너는 아주 잘 보고 있습니다."

그의 성정을 떠올렸을 때 이해가 되는 답이라 뭐라 덧붙일 수가 없었다. 자기 안에 쌓인 문장을 영화라는 언어로 풀어내야 하는 사람이니까. 나의 공감 능력은 왜 이런 때도 여지없이 발휘되는가.

그런가 하면, 개들의 문제 행동을 개선시키는 훈련사로 방송인 못지않은 인기를 누리고 있는 이는 이런 거절의 변을 남겼다.

"방송 때문에 몇 번 인터뷰를 해보니 자꾸 내가 나를 포장하려고 하는 것을 느꼈어요."

그는 자신을 지키는 방편으로 인터뷰 거절을 택한 거였다. 인터뷰하고 싶은 욕심에 혹은 독자들의 알 권리를 내세우며 그가 쳐둔 자기 보호의 선을 침범할 순 없었다.

물론 그런 품격 있는 거절만 있는 건 아니다. 훨씬 더 많은 이들이 가볍고 쉽게 거절한다. 심지어 '스타 장관'으로 불린 전직 관료는 단번에 오케이 해놓고 일정을 잡으려고 다시 연락하자 '못하겠다'며 돌변하기도 했다. 이유를 묻는 질문에 갑자기 '(현재 속한) 조직의 내부 논의와 결재가 필요하다'고 말해 나를 당황스럽게 했다. 그러더니 '다른 매체의 인터뷰를 다 사양한 상태라 한 매체와만 인터뷰하는 건 곤란하다'고도 덧붙였다. 그렇다면 불과

하루 전날엔 왜 그렇게 속 시원하게 수락했을까. 하루 만에 생각이 바뀐 이유라고 하기엔 이해가 되지 않았다. 그가 내놓은 거절의 이유가 설마 거짓은 아니겠지만, 신뢰에는 커다란 금이 갔다.

그래도 이 정도는 어쨌든 설명이라도 들을 수 있는 경우다. '생각해보겠다'고 하더니 전화번호를 아예 차단한 사람, "누구요?" 하더니 혼자 대답까지 해가며 "아, 네, 네, 네. 지금은 제가 인터뷰를 안 하고 있어서요. 네, 네. 끊겠습니다." 하는 사람도 부지기수다. 그런 때 나는 '내가 기자인가, 잡상인인가⋯' 정체성에 혼란을 느낀다. 인터뷰를 제안하는 게 그런 취급을 받을 정도로 무례한 짓은 아닌 것 같은데 말이다. 그런 일들을 겪으면서 거절의 품격, 그것이 가진 가치를 더 귀하게 느끼게 됐다.

거절은 거절 자체로 이미 상대에게 상처다. 거절에도 품격을 싣는 이들은 그런 마음까지 보살필 줄 아는 인격과 너른 품을 지닌 이들이다. 거절당하고도 상대가 달리 보이는 건 그래서다.

더구나 이렇게 변화무쌍한 사회에서 인연은 더 빠르게 돌고 돈다. 언제 어떻게 다시 만나 이어질지 모른다. 품격 있는 거절은, 인연을 매몰차게 끊지 않고 이어놓는다. 어떤 땐 그렇게 거절해줘서 더 대단한 사람이라고 느끼게 만들기도 한다. 나 역시 거절해야 할 때 더 고민하고 말을 고르고 고른다. 거절의 품격을 느끼게 해준 이들에게서 배운 '거절의 태도'다.

기본이라는 특별한 힘

―――――――――

'인터뷰인 듯, 인터뷰 아닌, 인터뷰 같은' 자리가 기자들에게는 자주 있다. 정치부 기자들이 특히 그렇다. 내 인터뷰 기법은 정치인과의 술자리나 밥자리에서 얻어진 건 아닐까, 생각한 적이 있다.

정치부, 그중에서도 정당을 출입하는 기자의 일상은 8할이 정치인과 식사 약속이다. 취재와 대화의 묘한 경계선에 있는 시간. 정치인은 눈앞의 사람이 자신의 말을 언제든 기사로 쓸 수 있는 기자임을 인식하며, 기자는 그가 과연 어디까지 '잠금 해제'하고 말할 것인지 호시탐탐 안테나를 세운 채 서로 술잔을 부딪친다. 농담과 진담, 정치적 화제와 신변잡기, 질문과 반문이 이 경계선을 타고 흐른다.

정치인은 어떤지 몰라도 정치부 기자들은 그 식사들이 공적인 시간임을 잊지 않도록 훈련돼 있다. 모든 약속이 종료된 후엔 복기의 과정을 거쳐 '정보 보고'의 형식으로 회사에 보고한다. 복기가 바둑에서 유래한 용어라는 걸 제대로 알기도 전에, 나는 정보 보고용 복기부터 배웠다.

　　복기라는 건 대개 기억력에 의존한다. 주제나 키워드별로 정리하는 기자들이 대부분이다. 나는 좀 다르다. 굳이 이름 붙이자면, 시간의 흐름에 따른 서사적 복기라고 해야 할까. 말진(막내) 기자일 때 부장이 동석하는 술자리의 복기는 내가 맡곤 했다. 그때 생긴 습성이다. 뭐가 중요하고 중요하지 않은지 전혀 구분하지 못할 때라 한마디도 놓치지 않고 기억해 복기하곤 했던 탓이다.

　　그 덕에 얻은 것도 있다. 정치인들의 입에서 나오는 말 중엔 정치적 화제보다 때로 사변적 얘기가 더 중요하다는 사실이다. 당장의 현안에 관한 생각은 수명이 짧지만, 정치인 개인을 알 수 있는 말은 수명이 길기 때문이다. 어떻게 정치를 하게 됐는지, 정치를 하면서 가장 처음 부닥친 어려움은 무엇이었는지, 누구의 도움을 가장 많이 받았는지 같은 얘기들은 그런 술자리가 아니면 들을 수 없는 정보다.

이 모든 게 모여 A라는 정치인의 '정치하는 이유'가 완성된다. 그걸 파악하고 나면 비로소 정치인 A가 정치하는 방식이 이해되고 국민이 내는 세비가 아까운지, 기꺼운지 판단이 가능해진다. 정치 기사의 기본은 여기서 출발한다.

'내 기사를 읽는 독자는 납세자이자, 유권자임을 잊어선 안 된다.'

나의 정치부장이었던 L 선배의 이 말 덕분에 정치인과 밥을 먹든, 차를 마시든, 술을 한잔하든 그 자리에서 지켜야 할 취재의 기본을 나는 잊지 않게 됐다.

이걸 깨치고 나니 정치인과의 밥자리와 술자리에서 내 집중력은 한때 극에 달했다. 정당을 출입하다 보면 가까운 정치인이 생기기 마련인데, 그가 과거와 현재를 넘나들며 자신의 얘기뿐 아니라 그와 얽힌 주요 정치인과의 에피소드까지 줄줄 읊을 때면 숨소리까지 기억하고 싶어 안달이 났다. 얼굴은 웃고 있지만 나의 뇌는 그 모든 걸 잊지 않으려 바삐 돌아갔다. 자리가 끝나고 귀가하는 택시 안에서 나는 뇌의 리플레이 버튼을 누르고 손가락을 분주히 놀리곤 했다.

그 사실을 정치인과 기자, 양쪽이 모두 알면서도 술잔을 주고받는 독특한 시·공간이 여의도에는 존재하는 것이다. 인터뷰인 듯 인터뷰가 아닌, 취재 같으면서 취재가 아닌 그런 시·공간에서 정치부 기자의 노련함은 성장한다.

당장의 현안을 묻고 답하는 줄타기 같은 대화 속에서도 심금을 울리는 한마디는 남기 마련이다. 내가 '마크맨'이었던 유력 정치인 Y와 식사를 할 때였다. 술잔이 오가다 보니, 얘기는 정치 현안뿐 아니라 '정치의 본질'로도 잠시 흘러갔다. 그가 말했다.

"정치란 게 참 비정하다. 아무리 나와 가까웠던 사람이라도 그가 내 지역구에 출마하면 나는 어쨌든 기를 쓰고 싸워서 이겨야 한다. 할 짓이 못 된다. 그래서 난 주변에서 누가 정치한다고 하면 말린다."

그가 지나가는 말로 내뱉듯 한 말이 오래도록 마음에 남았다. 이제는 정치가 자신인지, 자신이 정치인지 헷갈릴 정도로 혼연일체로 살아온 정치인의 진심. 대통령에 도전할 정도로 정치에 몰입하던 정치인이 말하는 정치의 민낯은 어쩌면 그거였다. 세 시간 넘는 그날의 대화 속에서 아직도 기억하는 말이다.

정치부를 나오고 나서 깨달았다. 인터뷰란 것도 결국 그렇다는 걸. 1년 뒤에 보아도, 5년 뒤에 보아도 뇌리에 남고 마음에 여운을 주는 말은 그 사람의 본질에 다가

가는 말이란 걸 말이다.

정치를 떠나 한 인간으로서 매력이 빛을 발하는 순간도 마찬가지다. 솔직한 속내가 아마 그 자신도 모르게 튀어나오는 그런 순간. 정권을 만드는 데 두 차례나 기여한 정치인 C가 그랬다. 미디어를 통해 비치는 그는 우락부락한 외모에 거친 이미지지만, 사석에선 유쾌하고 솔직해 기자들이 좋아했다. 그런 그가 이런 말을 한 적이 있다.

"나는 정치가 참 재미있어."

동석한 다른 기자들이 없었더라면, '뭐가 그렇게 재미있나요?'라고 나는 되물었을 것이다. 정치가 당신에게는 한낱 재미인 것이냐고 진지하게 문제 제기를 할 수도 있겠지만, 나는 달랐다. 그는 정치에 푹 빠져 있었다. 그래서 열심이었고, 그래서 두루 연을 만들었다. '즐기는 사람을 못 이긴다'는 말이 있지 않은가. 나와 같은 지향을 가진 정치인만 있을 수는 없고 그래서도 안 된다는 전제를 생각하면, 저런 정치인에겐 세비가 아깝지 않다는 게 내 생각이다. 그에겐 그게 정치하는 이유였다. 여의도엔 그 정치하는 이유가 아예 없거나, 그 이유가 고작 재선이거나, 국회의원 배지를 액세서리 정도로 생각하는 의원의 수가 생각보다 많다.

유권자이자 납세자인 독자들이 궁금해하는 정치인의 면모는 이런 것이 아닐까. 정치부에 있으면서 생각했다. 때로 엉뚱한 질문에서 상대의 진면모가 드러나기도 한다는 걸 알고부터다.

"왜 다른 인터뷰에서는 볼 수 없는 얘기들을 담을 수 있다고 생각하세요?"

기자를 꿈꾸는 이가 최근에 이렇게 물었다. 한동안 생각하다, 나는 답했다.

"내 인터뷰엔 특별한 질문이 없어요. 그래서 그런 것 아닐까요."

정말 그렇다. 인터뷰를 할 때 아마 내가 가장 많이 하는 질문은 '왜 그랬나요?'일 것이다. '왜'는 가장 기본이 되는 질문이다. 생각해보면, 우리는 어느새 그 기본을 허투루 여기게 된 것 아닐까. 그래서 그 평범한 질문이 되레 특별한 질문이 돼버린 것 아닌지에 생각이 미쳤다.

기자를 하다 보면, 거창한 질문을 해야 거창한 답이 나올 것 같은 압박감에 시달리는 시간이 오기도 한다. 돌고 돌아 내가 알게 된 건, 기본의 특별함이다. 별것 아닌 것 같은 질문이 주는 특별함, 수많은 사석에서 인터뷰인 듯 인터뷰 아닌 인터뷰 같은 문답을 주고받았던 시간이 준 깨달음이다.

신 뢰 의 시 그 널

"인터뷰가 뭐라고 생각하세요?"

특강을 가면 자주 청중에게 묻는다. 정답은 없다. 기자가 된 지 21년 된 나도 그간 그 답을 바꿔왔다. 지금 생각하는 답은 이거다.

'그 사람에게 궁금한 것을 묻고 답을 얻는 행위'

여기서 가장 중요한 게 뭐라고 생각하는지 또 물으면 대개 이걸 꼽는다. '답을 얻는 행위'. 그 답을 얻으려면 '그 사람'을 잘 알아야 한다. 상대와 마주할 때 '내가 당신이 어떻게 살아왔는지 미리 탐색해왔고, 그래서 더 궁금한 게 많다'는 시그널은 신뢰감으로 가닿는다. 신뢰의 시그널을 주는 인터뷰어에게 인터뷰이는 입을 열고 싶어진다.

그러니까 '그 사람'은 인터뷰의 시작이며 끝이다. 내

가 마주할 그 사람이 누군지 알아야 궁금한 게 생기고, 어디에서도 들을 수 없는 답을 끌어낼 수 있다. 지금 나는 그 사람을 왜 인터뷰하는가, 그 사람은 어떤 사람인가, 그 사람은 뭐가 남다른가. 그 사람에 대해 알려진 거의 모든 정보를 씹어 먹을 듯 찾고 익혀야 답을 얻기에 이른다. 그 사람이 누군지 아는 것, 그러므로 이것은 인터뷰의 가장 중요한 태도다.

수습기자 때 나는 오로지 '궁금한 것'만 가지고 가 인터뷰를 했다. 내가 입사한 해는 2002년, 그것도 5월이다. 2002년이 어떤 해인가. 역사적인 한·일 월드컵, 대역전 드라마를 쓴 노무현 대통령의 당선, 그리고 우리의 두 여중생이 미군 장갑차에 치어 희생당한 사건이 한꺼번에 일어난 해다. 나는 월드컵의 붉은 물결이 출렁이는 달에 수습기자였다. 기자가 되지 않았더라면, 나는 아마 월드컵 4강 진출이 얼마나 위대한 업적인지 모른 채 지나갔을지도 모른다. 지금도 축구에는 별 관심이 없다. 그때는 더했다. 응원을 하겠다며 도대체 왜들 광화문 사거리에 모여 있는지 이해가 되지 않았다. 취재를 해야 하니까 어쩔 수 없이 광화문 사거리를 누볐다.

수습인 내가 받은 임무는 거리 응원전에 나선 시민들의 영상 인터뷰를 따는 것. 대망의 '포르투갈전'이 열리는 날이었다. 포르투갈이 얼마나 축구 강국인지, 우리 팀 전력은 그에 비해 어떻다고 평가받는지 따위는 몰랐다. 공부하고 찾아볼 새도 없이 거리로 나가 관상과 표정을 보고 '말을 잘해줄 것 같은' 사람들에게 물었다.

그림상 외국인 인터뷰도 필수였다. 커다란 눈을 한 사교적인 느낌의 여성이 내 시야에 들어왔다. 나는 '어느 나라에서 왔느냐'고 물었다. 그는 포르투갈에서 온 여성이었다. 그제야 그가 양손에 든 포르투갈 응원 수건, 입고 있던 포르투갈 축구 국가대표팀 티셔츠가 눈에 들어왔다. 그런데도 난 '어느 팀이 이길 것 같으냐' 따위의 의미 없는 질문을 해댔다.

"앱솔루틀리, 포르투갈! 포르투갈 대표팀, 사랑해요!"

당연한 답을 들었다. 이런 걸 두고 '밥 먹으니 배부르다'라고 한다. 기사로서 가치가 없는 문답을 이르는 말. 쓰다 보니 다시 생각해도 한심하기 짝이 없다. 너무 당연해 기사가 안 될 인터뷰, 새로울 것이라고는 없는 인터뷰, 굳이 물어보지 않아도 떠올릴 수 있는 진부한 인터뷰다. 게다가 몇 시간 뒤 경기가 끝나면 어디에도 인용하지 못하는 인터뷰이기도 하다. 지금 생각하면 낯이 뜨겁다.

하기는 그런 실패들이 없었다면 배우는 것도 없었을 테다. 남다른 인터뷰를 하려면 남다른 준비가 필요하다는 것, 남다른 준비에서 남다른 질문이 나오며 남다른 질문은 내가 대면할 인터뷰이의 남다른 점을 파악해야 만들어진다는 사실 말이다.

3년 전 가수 양준일 씨 인터뷰는 한 번의 실패를 딛고 성사된 경우다. 열 살 때 미국으로 이주해 살다가 스무 살 때 한국에서 가수로 데뷔한 양준일. 12년간 석 장의 앨범을 내는 동안 활동한 건 단 3년, 수익은 거의 무일푼이었다. 무대에 선 그를 환영하는 이들도 거의 없었다. 오히려 멸시와 냉대가 친숙했다. '쟤, 뭐야?' 하는 시선을 받고 싶지 않아 평소에도 그는 집에 숨어 있기를 즐겼다.

가수 일을 접고 14년간 영어공부방을 하다가 미국으로 다시 건너갔지만, 거기서도 자신의 쓸모를 찾을 수 없었다. 갓 태어난 아들은 쑥쑥 커갔고 월세 내야 할 날은 꼬박꼬박 돌아왔다. 한국 식당 '반찬 보이(주방에서 음식이 나오면 주문표를 보고 테이블에 배정하는 일)', 창고 정리, 콜센터 사무실과 화장실 청소 같은 일을 전전했다. 그렇게 노동해서 버는 돈은 한 달에 2000달러(한화 약 235만 원) 남짓. 월세가 1460달러(약 172만원)였으니 생활은 계속 어려웠다. 다시 한국 식당 일자리를 구해 일하기 시작하던 차에 한국의 방송사 여기저기서 그를 찾기 시작했던 거다. 유튜브에서 '시간여행자'로 인기가 역주행해서다. 2019년 출연한 한국의 한 TV 프로그램이 그의 숨통을 틔웠다. 30년 만에 나타난 그에게 대중이 열광해, 한국에서 다시 가수로 활동할 길이 열린 것이다.

그에게 인터뷰를 청했다. 그는 이전에 내가 쓴 기사들을 보고 인터뷰를 하겠다고 수락했다. 와이드 인터뷰는 그것이 처음이었으니 그로서도 큰맘 먹고 한 결정이었다. 그런데 예상치 못한 곳에서 사달이 났다.

"인터뷰 시간은 넉넉히 생각해주세요. 평균 5시간 정도 걸리거든요."

나의 이 말에 그가 큰 부담을 가진 것이다.

"그렇게나 오래 걸리나요. 그렇게 많이 말을 할 수 있을지 모르겠어요."

그가 걱정스럽게 말했다. 나는 그를 설득했다. 그의 말을 듣기보다 그렇게 시간을 확보해야 하는 이유만 설명했다. 한국을 떠나 미국에서 생활인으로 살아온 그, 30년 만에 가수로 다시 대중 앞에 서는 그 긴장감을 나는 헤아리지 못한 것이다.

인터뷰하기로 한 날, 그는 나타나지 않았다. 스트레스로 위경련이 일어나 응급실에 실려 간 것이다. 내 말이 그에게 부담을 넘어 압박으로 작용했다는 걸 그제야 깨달았다. 그에게 사과했다.

"다른 건 필요 없어요. 편한 마음으로 오세요."

일주일여 뒤, 그와 마주 앉았다. 그는 '공개적으로 애기한 적이 없다'며 인생의 바닥을 치던 때까지 털어놨다. '비움'이 삶을 영위하는 자신만의 태도가 된 이유를 설명하면서였다.

"그간 내가 존재할 수 있는 곳을 찾아다녔지만 찾지 못했어요. 숨어 지낼 곳이라도 찾아 헤맸지만 그것도 실패했죠. 그러다가 내가 나 자신을 너무 미워하는 상황까지 갔어요. 내 아이를 책임지지 못한다는 건 경험해보지 않으면 모르는 일이죠.

그래서 (안 좋은 생각들을) 끊임없이 버려야 한다는 생각을 하게 됐어요. 그렇지 않으면 내가 죽을 것 같아서… 스스로 목숨을 끊고 싶은 거예요. 비우지 않으면 진짜로 죽을 것 같아서 내 (안의) 문을 잡고 흔들기 시작했어요. (그때) 내 자신을 표현하는 단어는 쓰레기도 아니고 toxic waste(유독성 폐기물)였어요. 원자로에서 나오는 핵폐기물.

이게 전부일 수 없다고 생각했죠. 그러면 안 된다고, 나를 붙잡고 싸워서 살아냈죠."

그의 눈에서 눈물이 후두둑 떨어졌다. 초등학교 때 체구도 작고 영어도 못하는 그에게 무작정 덤볐던 백인

친구들의 차별에 그저 서 있을지언정 굽히지 않았던 것
처럼, 그는 자신과의 싸움에서도 수그리지 않았다. 젊은
시절 사슴 같던 눈망울이 지금은 깊이를 알 수 없는 호수
같아진 이유였다.

이런 실패의 순간을 딛고 맞은 지금, 기자 김지은은
인터뷰란 곧, 묻는 게 아닌 답을 듣는 행위라는 걸 잘 안
다. 답을 얻으려면, 내 앞의 그가 누구인지를 알아야 하
며, 단순한 이력뿐 아니라 그의 현재 심리 상태마저 살펴
야 마음의 문을 여는 문고리라도 찾을 수 있다는 기본,
그것이 곧 상대에게는 신뢰의 시그널로 다가간다는 사실
말이다. 남다른 인터뷰의 비결은 이것이다.

내가 유재석이 아니라서 얻은 것

─────────

"제 목표는 유재석이에요."

저널리즘 관련 포럼에 연사로 섰을 때 내 입에서 이런 말이 나왔다. 진짜 그랬다. 그와 같은 '셀럽'이나 개그맨이 되고 싶다는 뜻이 아니다. 이름이 브랜드가 되는 인터뷰어가 되고 싶다는 열망, 그것이었다.

그 즈음 나는 지쳐 있었다. 인터뷰이를 섭외하면서 받은 상처가 쌓인 탓이다. 그러니까 실패에 지쳤던 것이다.

인터뷰는 섭외가 9할이다. 누구를 인터뷰할 것인지 정하고, 그가 수락할 때까지 설득하는 것. 그것이 인터뷰의 거의 전부다. 인터뷰이를 선정하는 건 내 몫이지만, 수락 여부는 인터뷰이의 일이다. 그러니 인터뷰의 성사 여부는 인터뷰이가 쥐고 있는 셈이다. 한번은 열 명 남짓에게 인터뷰를 청했는데 줄줄이 퇴짜를 맞은 적도 있었다. '이러다 이번엔 펑크 나는 것 아닐까.' 그런 땐 숨 쉬는 시간도 아깝게 느껴진다.

연거푸 거절을 당하고 나면, 아무리 멘털을 추스르려고 해도 한숨과 자책, 울분이 올라온다.

'내가 믿을 만한 그리고 인지도 높은 인터뷰어가 아니라서 그렇겠지.'

오기도 생긴다.

마침 유재석 씨가 진행하는 TV 프로그램 〈유 퀴즈 온 더 블록(유퀴즈)〉의 인기가 치솟았다. 내가 오랜 시간 공 들여 설득했지만 결국 불발된 인터뷰이들이 줄줄이 '유퀴즈'에 나왔다. 그들은 하나같이 유재석 씨를 보며 흥분한 표정으로 "내가 유퀴즈에 나오다니!" "정말 영광이에요~!" 했다. 그때 절감했다. 인터뷰어의 이름값을, 이름 있는 인터뷰어의 힘을.

유퀴즈는 인터뷰와 예능을 결합한 프로다. 시작은 길거리에서 처음 만난 일반인들을 즉석에서 섭외해 얘기를 나누는 콘셉트였다. 펄떡펄떡 뛰는 평범한 이들의 이야기가 참 좋았다. 할머니들이 나올 때는 TV 속으로 들어가 나도 그 옆에 앉고 싶을 정도였다. 눈치 볼 것도, 가릴 것도 없지만 순수한 수줌음을 간직한 할머니들의 입

담은 참 사랑스러웠다.

'유퀴즈'의 유재석 씨와 조세호 씨가 서울 주택가의 한 미용실에 들러 한 현장 인터뷰가 그중 하나다. 미용실에는 손님으로 할머니 두 분이 앉아 있었다. 퍼머를 하느라 머리에 주황색 수건을 두른 할머니 한 분, 함께 기다리는 동네 친구인 할머니 한 분. 거기에 원장님까지 세 사람이 '미용실 인터뷰'의 주인공이었다.

인터뷰는 무척 역동적이었다. 유재석 씨가 이름을 묻는 대목부터 어떻게 흘러갈지 도통 짐작할 수가 없었다.

"성함이 어떻게 되세요?"

"아, 그 참… '성함' 일러주기 싫으네."

머리에 수건을 돌돌 만 할머니가 입을 쩝쩝거리며 답했다. 자신의 이름이 마음에 들지 않아서라는 걸 직감적으로 알았다. 그 시절 여성들에게 번듯한 이름을 붙여주는 집은 별로 없었을 테니까. 재차 물어 알아낸 할머니의 성함은 김종순. 이어 옆에 앉은 원장님도 손사래를 쳤다.

"나는 그냥 ○○미용실이라고 하는 게 더 나아."

그러더니 그 옆의 할머니도 말했다.

"나도 이름에 콤플렉스가 있어 가지고 말을 못해."

다른 할머니들이 귀띔해준 그분의 성함은 김미녀. 이름을 묻고 답을 얻는 것부터 얼마나 생생한가.

할머니들은 '유퀴즈'의 시그니처 마무리인 "유 퀴즈(퀴즈 맞히시겠습니까)?"란 질문에도 단호하게 "안 합니다!" 했다. 유재석 씨가 '맞히면 100만 원을 드린다'며 "다시 한 번 할게요. 유 퀴즈?"라고 묻는데도 "노!"라고 답했다. 마지막까지 살아 있는 인터뷰였다.

학원 가는 길에 '유퀴즈'를 만난 아홉 살 여자 어린이의 말도 마음에 남는다. '신께서 나를 만들면서 많이 주신 것과 조금 덜 주신 건 뭐라고 생각하느냐'는 질문에 어린이는 말했다.

"남김없이 다 주신 것 같아요."

그 답을 듣고 유재석 씨가 불쑥 물었다.

"그렇다면 사랑은 뭐예요?"

어린이가 바로 답했다.

"누군가를 좋아하고 갑자기 꼭 껴안고 싶은 마음이 드는 거요."

코로나19가 유행하면서 더 이상 거리에서 무작위로 인터뷰를 할 수 없게 되자, '유퀴즈'는 콘셉트를 바꿨다. 회차별로 주제를 정하고 그에 맞는 인물을 섭외해 실내에서 인터뷰하는 방식이다. 스토리가 있는 일반인이 대부분이지만, 회마다 한 명씩은 '셀럽'이 등장한다.

내게 섭외 실패의 좌절을 안긴 이들도 대부분은 그

셀럽들이다. 내 인터뷰를 거절했거나, 아예 연락도 닿지 않았던 셀럽들이 연달아 '유퀴즈'에 나오니 부럽지 않을 수가 있나. 그들을 인터뷰하는 유재석 씨를 보며 '저 사람은 거절을 당해본 적도 없을 거야. 참 좋겠다' 생각했다. 나아가 시나브로 마음속에 '나도 인터뷰어로 인지도가 쌓여 유재석처럼 되리라' 하는 열망까지 생긴 것이다. 대중도 유재석 씨를 인터뷰어로 인식했다. 2021년엔 '가장 신뢰하는 언론인' 조사에서 그가 2위를 했으니까. 유재석 씨는 내 인터뷰의 세상에서 경쟁자였다.

'번아웃'과 갑상선에 생긴 자가면역질환을 치료할 겸 2022년 한 해를 쉰 게 전환점이었다. 실패를 바라보는 시각의 전환점. 휴직의 기간은 2002년 이후 처음으로 만든 일과의 거리 두기였다. 휴직 기간엔 깨닫지 못했지만, 복직한 뒤 알아차렸다. 일을 바라보는 시선이 달라졌다는 걸.

실패를 하는 태도도 마찬가지였다. 실패는 그 자체로 한 사건이 아닌 일의 한 축이란 걸, 그러니 대단하지도 절대적이지도 않다는 걸 받아들이게 된 것이다.

인터뷰 연재를 재개하며 나는 본격적으로 묻기 시작했다, 실패에 대해. 실패를 둘러싼 고정관념을 전복하고 싶었다. 나처럼 실패를 낙오로, 열패감으로, 분노로, 좌절로, 눈물로 받아들였을 이들에게 그게 다가 아니라고 말하고 싶었다. 그걸 삶으로 증명하고 경험한 이들의 말로써 말이다.

로봇을 만드는 데니스 홍 미국 UCLA 교수도 그중 하나다. 홍 교수는 실패와는 거리가 멀어 보이는 인물이었다. 그는 '천재 로봇 공학자'다. 지금까지 만든 로봇이 40~50개 정도다. 세계 최초로 시각장애인용 자동차를 만들기도 했다(2011년). 워싱턴포스트는 '달 착륙에 버금가는 성과'라고 평가했다. 성인 크기의 휴머노이드 로봇인 찰리를 미국에서 처음으로 만든 것도 그다. 찰리는 2011년 로보컵RoboCup 챔피언이 됐다. 로보컵은 로봇들이 출전하는 월드컵이다. 글로벌 과학전문지 '파퓰러 사이언스Popular Science'가 이미 2009년 '과학을 뒤흔드는 젊은 천재 10인' 중 한 명으로 그를 꼽았다.

인터뷰를 할 때 그는 내게 동영상을 하나 내밀었다. 그가 최근 만든 가장 진보한 로봇 아르테미스(Advanced Robotic Technology for Enhanced Mobility and Improved Stability)를 개발하는 과정이 담긴 영상이었다. 그런데 특이했다. 영상 속에서 아르테미스는 계속 넘어졌다. 아르테미스가 다양한 환경에서, 다양한 장애물을 만나, 다양하게 넘어지는 모습만 담은 영상이었던 거다. 아르테미스는 옆으로 미끄러지기도 하고, 다리가 꼬이기도 했으며, 아예 뒤로 자빠져버리기도 했다. 그러더니 막판엔 아예 '쾅' 터져버렸다. 영상 제목은 'Bloopers', 그러니까 일종의 NG, 실패 모음 영상이었다.

그는 영상을 보며 깔깔 웃었다. 그랬다. 그에게 실패는 거창한 사건이 아니었던 거다. 그가 말했다.

"넘어졌기 때문에 안 넘어질 수 있게 된 거거든요. 아르테미스는 아마 만 번도 넘게 넘어졌을 거예요. 실험을 하면서 찍은 동영상만 1TB(테라바이트) 정도죠. 일부러 막 넘어뜨리기도 해요. 넘어지는 원인을 찾으려고. 로봇은 넘어질 때마다 업그레이드되거든요. 경험이 많아야 똑똑해지는 거죠. 사람도 그렇잖아요? 로봇을 만들면서 인간에 대해 새삼 다시 배우죠."

그는 '사람에게도 실패는 축복'이라고 말했다.

"좋든 나쁘든 과거의 그 일이 있었기 때문에 오늘날의 내가 있는 거죠. 그래서 난 오늘의 내가 참 좋아요. 그리고 오늘의 나한테 100% 만족해요! 하하하."

'실패를 해서 한층 강력해진 나'라니. 홍 교수 덕분이다. 실패를 수없이 해온 나를 긍정하게 된 것은. 실패했기에 돌아가는 법을 알았고, 실패했기에 성공의 기쁨이 더 컸으며, 실패했기에 실패한 이들을 공감할 수 있는 품이 생겼다. 실패하지 않았더라면 몰랐을 선물이었다. 홍 교수처럼 그래서 나는 한층 강력한 인터뷰어가 된 것 아닐까. 어깨가 으쓱해졌다.

'인터뷰어로서 내 목표는 유재석'이라고 말한 이후 3년이 지났다. 3년의 시간만큼 내 실패도 쌓였다. '유퀴즈'도 여전히 즐겨 본다. 그러나 나는 더 이상 유재석 씨가 부럽지도, 인터뷰어로서 목표가 '유재석'이라고 말하지도 않는다. 물론 현재의 '유재석'이라는 정상의 방송인을 만든 건 과거 그가 버텨온 무명 시간, 그 시기의 무수한 실패들이었다는 걸 안다. 그러나 적어도 인터뷰어로서 나는 유재석 씨보다 단연 나은 게 있다. 실패의 경험이다. '유재석'이 아니라서 실패할 수 있었던 인터뷰어 김지은이, 그래서 좋다.

마음을 여는 마법

"기자님이 마법을 부린 것 같아요."

'실패'를 주제로 인터뷰한 로봇공학자 데니스 홍 교수에게 이런 말을 들었다. 기분이 나쁘지 않았다. "저 실은 마법사예요~."라며 은근슬쩍 그 칭찬을 받아 안은 이유다.

홍 교수는 인터뷰하기 전엔 "그 주제로 30분 이상 얘기할 게 있을까요?"라는 걱정을 전해왔었다. 웬걸, 인터뷰는 3시간 동안 이어졌다. 장난기 가득한 눈매, 쾌활한 웃음, 유머러스한 몸짓이 트레이드 마크 같은 그가 인터뷰에선 울다가 웃다가 했다. 그러니 인터뷰를 마치면서 그가 말했다.

"처음 생각해보는 질문을 많이 해줘서 재미있었어

요. 다른 데서는 하지 않던 얘기까지 하게 되고요. 혹시 저한테 마법을 부리신 것 아니에요? 하하하."

그보다 앞서 만난 박소령 퍼블리 대표도 비슷한 얘길 했다. 서로 합이 잘 맞는다고 느껴지는 인터뷰가 있는데 그를 만날 때 그랬다. 인터뷰라기보다는 담소를 나누는 기분. 나는 박 대표가 말을 가리면서도 할 말은 하는, 유쾌한 사람이라고 느꼈다.

박 대표는 서울대 경영학과를 졸업해 맥킨지 한국 사무소에서 근무한 뒤 하버드 케네디 스쿨로 유학을 떠나 학위를 받은 뒤 귀국해 퍼블리를 창업한 CEO다. 마흔두 해를 사는 동안 써온 이력서가 그렇다. 퍼블리는 직장인의 커리어 계발을 돕는 콘텐츠 플랫폼으로 시작해, IT 개발자 커뮤니티와 인재 채용 소프트웨어 개발까지 영역을 넓힌 스타트업이다. 디지털 미디어 시장에서 유료화의 세기를 연 회사이기도 하다.

그러니 실패를 주제로 그를 인터뷰한다고 하자, 주위에선 그랬다.

"박소령 대표한테 무슨 실패가 있겠어?"

그러나 정작 박 대표의 반응은 이랬다.

"실패요? 너무나 많죠. 하하."

투자자를 찾지 못해 7개월여를 거절에 거절만 당하

던 창업 초 위기부터, 성장이 멈춰버린 듯했던 4년 전 '암흑기'는 이제껏 그가 공개해본 적 없던 고비들이었다. 그것뿐인가. 그의 이력서에 케네디 스쿨은 '최우수 논문상 후보'로 귀결되지만, 지독한 열패감을 처음으로 맛보고 그로 인해 자아가 산산이 부서지는 경험을 해본 시기라는 건 부모도 모르는 일이라고 그는 고백했다. 단단해 보였던 그가 꺼내 보인 여리고 인간적인 면모였다.

게다가 그는 인터뷰하는 내내 표현을 다양하게 했다. 내 질문을 받을 때마다 "어, 그건 생각해보지 못한 거네요."라며 고심하기도, "정말 좋은 질문이네요."라며 감탄하기도, "앗, 그런가요?"라며 웃음을 터뜨리기도 했다. 그런 태도가 내게 '지금 우리가 꽤 잘 소통하고 있구나'라는 만족감과 안도감을 줬다.

그런데 인터뷰 이후 따로 만났을 때 그는 털어놨다.

"사실은 저는 굉장히 '샤이'한 사람이에요. 제 얘기를 하는 것도 편치 않아 하고요. 저의 흔적을 남길 생각도 없죠."

나는 놀라서 말했다.

"어머, 전혀 느끼지 못했어요. 그날 굉장히 즐겁고 재미있었거든요."

"맞아요. 제가 그날 막 신나서 얘기를 엄청 많이 했

죠. 나중에 조금 걱정될 정도로."

인터뷰를 하면서 상대에게 '잘 이끌어내준다'는 말을 종종 듣긴 했다. 의례적으로 하는 인사이겠거니 생각했다. 테이프를 되돌려 인터뷰의 순간순간을 돌아봐도 내가 다른 인터뷰어와 크게 다를 게 있겠나 싶었기 때문이다.

유달리 피드백이 좋은 것도 아니다. 나는 원래 순발력이 떨어지는 사람이다. 그다지 유머러스하지도 않다. 재치 있는 순간적 농담이나 허를 찌르는 반격 같은 건 나도 내게 기대하지 않는다.

그런데 잇달아 그 같은 피드백을 들으니, 인터뷰어로서 나의 태도를 새삼 돌아보게 되는 거다.

나는 어떤 인터뷰어인가. 순발력은 없지만 성실하게 계획을 세운다. 인터뷰를 준비할 때 나는 질문만 찾지 않는다. 내가 사전에 예상해볼 수 있는 모든 시나리오를 가정해두고 시뮬레이션을 해본다. 특히 처음이 중요하다. 인터뷰이가 피곤한 상태라거나 기분이 좋지 않을 때엔 더욱. 그럴 때 어떤 질문으로 마음을 풀어줄 수 있을지 생각한다. 거기다 '이 질문에 이렇게 답할 경우' '저 질문에 저렇게 답할 경우' '인터뷰가 잘 풀리지 않을 경우' '인터뷰가 술술 잘될 경우' 이런 상황을 미리 떠올려본다.

유머러스하진 않지만 새로운 질문을 하려고 한다.

인터뷰이가 과거에 인터뷰를 많이 해본 사람일수록 그렇다. 어딜 가든 누굴 만나든 들었던 질문이 또 나온다면? 나는 식상한 인터뷰어가 되고, 상대는 말할 맛이 떨어진다. 인터뷰도 재미있어야 말이 잘 나온다.

'이 사람도 다른 사람들과 비슷하군.'

그런 평가를 듣는 게 나는 싫다. 꼭 하고 싶은 질문이라면 최소한 '어떤 매체 인터뷰에서 이렇게 답한 적이 있던데, 지금도 같은 생각이냐. 그 뒤에 겪은 어떤 사건 때 혹시 심경의 변화는 없었느냐'라고 묻는다. 나를 이미 알고 있고, 더 알고 싶어 하는 사람에게 입은 열리는 법이니까.

또 하나, 눈을 바라본다. 인터뷰를 할 때 내 심정은 '내 눈이 카메라였으면' 하는 것이다. 눈빛을 바라보며 인터뷰를 하는 게 그만큼 좋다. 사람은, 말마디마다 눈빛이 달라진다. 눈동자에 감정이 그대로 실린다. 기분 나쁜 일을 떠올릴 땐 서늘해지고, 아련한 기억이 떠오를 땐 노을이 진다. 설레는 마음일 땐 눈에도 별들이 둥둥 떠다닌다. 그 감정을 잘 헤아려야 말에 담긴 그의 진의를 헷갈리지 않고 글에 담을 수 있다.

여기까지 적고 보니, 그런 때 나의 눈은 과연 어떨까 궁금해졌다. '자신의 눈에 몰입한 나의 눈동자에게서 상대는 무엇을 볼까'에 생각이 미친다. 그는 내 눈동자에서 자신을 보게 되지 않을까. 상대의 눈빛에서 느낀 감정이 내 눈빛에 고스란히 비칠 테니 말이다.

인터뷰는 결국 눈빛의 대화일는지 모른다. 인터뷰를 할 때 내 손은 노트북을 치기에 분주하고, 옆에선 사진기자의 셔터 소리가 들려도 서로가 서로에게 집중할 수 있는 이유다.

나는 특출나게 타고난 재능이 별로 없는 사람이다. 어느 자리에서 누구를 만나든 분위기를 잘 띄우는 재주가 있는 동료 기자를 부러워한 적이 있다.

'어쩜 그런 상황에서 그런 말로 상대를 무장 해제시키지.'

그를 보고 있으면 부러움에 몸이 달았다. 기자로서 또 인터뷰어로서 큰 장점이다. 기자는 일단 편한 사람이어야 할 때가 많으니까. 그래야 상대가 다시 만나고 싶어 하고, 말하고 싶어 할 테니까. 그런 능력을 가르쳐주는 학원이 있다면 당장 수강증을 끊고 싶었다.

재능 없는 내가 그나마 인터뷰어로 여기까지 오게 된 비결을 꼽자면, 성실함이려니 한다. 나의 부족함과 미흡함을 채워보려는 노력의 태도. 나는 적어도 당신이 믿어볼 만한 기자라는 걸 마음에서 마음으로 전달하려는 태도의 언어, 그 언어를 나는 좀 할 줄 아는 것 아닐까.

실 패 의 태 도

나도 처음부터 '인터뷰어'는 아니었다. '인터뷰' 하면 지금도 떠오르는 기억.

　수습 딱지를 뗀 지 얼마 되지 않았을 때다. 갑자기 미디어운동 단체 관계자를 인터뷰하라는 지시가 떨어졌다. 주제는 언론개혁. 관련 기자회견을 취재한 적은 있지만, 그 주제를 심도 있게 파본 적은 없었다. 기자가 된 지 1년도 안 된 새내기에겐 무겁고 어려운 아이템. 난감했다. 그런데 이미 시간까지 정해져 있었다. 내게 다른 선택지는 없었다. 인터뷰 때까지 제대로 준비할 여유가 없었다. 시간과 장소까지 잡아놓고 가서 인터뷰를 해오라고 하는 데스크가 원망스러웠다. 그때처럼 불안한 마음을 안고 인터뷰 장소로 간 적은 없었다.

얼굴이 잘 알려진 그는, 신문이나 방송에 비친 것보다 훨씬 날카로웠다. 말은 또 어찌나 빠른지, 그가 쉴 새 없이 쏟아내는 말을 받아 적기도 힘겨웠다.

나는 솔직한 기자였다. 그러지 않아도 바로 이해가 안 되는 단어들이 2배속 재생 버튼을 눌러놓은 듯 흘러가니, 잘 이해되지 않는 듯한 표정을 여러 번 지었을 것이다. 그런 때는 구체적으로 다시 질문하기도 벅차다. 소화가 안 됐는데 어떻게 다음 음식을 먹겠나.

그는 노련했으니 눈치를 챘을 것이다. 어느 순간 답답하다는 듯 내게 이렇게 말했다.

"기자들이 공부를 안 해요."

그 말이 비수가 되어 내 마음에 꽂혔다. 그나마 나만 비난했다면 모르겠지만, 그는 '기자들'을 싸잡아 게으르고 공부하지 않는 집단으로 몰아붙였다. 그것이 억울했다. 나 때문에 기자 동료 전체가 욕을 먹어야 하다니. 기자라고 해서 미디어 상황과 관련 법, 개혁 과제를 숙지하고 있는 건 아니다. 어리고 미숙했던 나는 그런데도 뭐라 반박조차 못했다. '무지한 나 때문이야.' 이 죄책감만 머릿속에 남았다. 지금도 TV에 전문가 패널로 그가 등장하면, 나는 어김없이 그때의 기억이 떠오른다.

"인터뷰하는 데 준비를 어느 정도 해야 하나요?"

흔히 받는 질문이다. 내 답은 대체적으로 이렇다.

"많이 하면 할수록 좋아요."

어떤 인터뷰는 일주일 내내 준비하기도 한다. 그 기간 동안 인터뷰이한테 푹 빠져 있는 것이다. 내가 몰랐던 이력, 내가 읽지 못한 과거 기사, 예능 방송에 출연해서 말한 사소한 습관까지도 나는 보고 또 본다.

'아! 이런 일이 있었구나.'

인터뷰이에 관해 그간 드러나지 않은 새로운 사실이라도 발견하면, 나는 마치 진흙 속에서 진주를 찾은 기분이다. 그런데도 한동안 시험 전날 공부를 다하지도 못했는데 엎드려 잠든 채 시험 날 아침이 되는 악몽을 꾸기도 했다.

문화재청장을 지낸 유홍준 명지대 석좌교수는《나의 문화유산 답사기》에서 '아는 만큼 보인다'는 명언을 남겼다. 인터뷰도 그렇다. 아는 만큼 질문할 수 있다.

강박인가 싶을 정도로 준비를 하게 된 원천을 거슬러 올라가 보니 내 기억의 처음엔 그 말이 있었다.

'기자들이 공부를 안 해요.'

그 말을 다시 떠올리며 난 마음먹었던 거다. 기자들이 인터뷰 하나를 잘 마치려고 어느 정도까지 준비해서 어떤 말까지 이끌어낼 수 있는지 보여주자. 과거에 들었던 그 한마디를 '거짓 명제'로 만들려 나는 부단히 애를 쓰고 있었다.

오늘날 내 앞에 앉은 인터뷰이들은 종종 내게 이렇게 말한다.

"이런 기자는 처음 봤어요."

물론 긍정의 의미다.

"인터뷰하면서 이런 말까지 하게 될 줄은 몰랐어요."

그의 심연 속으로 들어가는 길잡이 같은 질문을 내가 제법 했다는 이야기다. 그런 말들이 좋다.

나와 인터뷰한 이들이 기자에 관해 편견이 조금이라도 있었다면 내 인터뷰가 그걸 해소하는 단초가 되길 바랐다. 인터뷰를 하고 난 뒤 '아, 이 인터뷰 하길 정말 잘했다' 생각이 들기를 바랐다. 인터뷰는 결국 독자들의 것이지만, 1차적으론 인터뷰어와 인터뷰이가 나누는 공감의 교류에서 나오기에. 인터뷰이가 만족하지 않는 글이, 독자들의 마음에 남는 글이 되기란 쉽지 않으므로.

그런 내 바람을 현실로 이뤄가는 인터뷰어가 된 건, 어쩌면 그 실패의 기억 덕분이다. 오랫동안 내 마음속에 그 한마디가 남아, 내 오기의 원천이 돼주었다.

3

나
의

언
어

손석희, 일대일의 마법

———————

만나면 내가 초라하게 느껴지는 사람이 있다. '그에게는 내가 보잘것없는 사람이구나' 하고 느껴지게 만드는 사람. 눈빛으로, 시선의 높낮이로, 어투로 그런 감정은 전해진다. 반면, 내가 귀하게 느껴지도록 하는 사람도 있다.

그 차이는 뭘까. '일대일의 마법' 아닐까. 사람은 개별적이고 단독적인 존재다. 생각해보면 '내 앞의 당신이 지금 내겐 오롯해'라고 여기게 만들 때 상대는 그런 감정을 느끼는 것 아닌가 말이다. 그런 '오롯함'을 주는 태도가 따지고 보면 별것 없다.

내 주위의 그런 인물이 손석희 전 JTBC 사장이다. 처음 만날 때부터 그를 '선배'라고 불렀기에, 그리고 손 선배 역시 그 호칭을 좋아하는 듯해 그렇게 부른다.

그와 라디오방송 〈손석희의 시선집중〉(이하 '시선집중')을 함께 하며 많은 걸 배웠지만, 그중엔 태도도 있다. 일을 대하는 태도, 사람을 대하는 태도 같은 것.

'시선집중'을 할 때 좀 특이하다고 생각한 게 있었다. 그는 방송이 끝난 뒤 아침 식사를 함께 하기를 원했다.

"방송이 끝나면 우리(제작진)는 아침을 함께 먹어. 같이 하면 좋을 텐데."

지나가듯 말했다. 참 어리석게도 나는 그 말을 이해하지 못했다. 속으로 '나는 어서 출근해 아침 보고를 해야 하는 기자라고요. 한가하게 어떻게 아침을 함께 먹어요'라고 생각하기까지 했다. 돌이켜보면, 매일이 아니더라도 일주일에 두 번쯤은 충분히 아침 식사를 함께할 수 있었다. 보고야 어디서든 하면 되는 거니까. 어디서나 인터넷이 되는 시대에 말이다.

그에게 아침 식사는 그저 밥 먹는 행위가 아니었다. 그날 방송을 돌아보고, 얘기를 나누고, 다음 아이템도 구상하는 일종의 브레인스토밍의 시간이었을 거다. 그리고 어쩌면 그보다 더 중요한 것. 제작진과 출연자가 서로 친해지는 시간이었을 테다. 진행자와 출연자가 친밀할 때 방송이 훨씬 자연스러워진다는 것, 그 분위기는 고스란히 청취자에게 전해진다는 걸 그때는 몰랐다. 손 선배는 그것 때문에 '함께 밥을 먹으면 좋을 텐데'라고 했던 거다. 방송은 결국 사람이 하는 일이니까.

그렇게 안이한 태도로 방송을 했는데도 선·후배로서의 연이 지금까지 이어진 건 전적으로 손 선배 덕분이다. 그는 내가 연락을 할 때마다 답을 하지 않는 법이 없다. 방송사의 사장, 나중엔 앵커로서 매일 메인 뉴스까지 진행해야 했으니 그 일상은 상상하기 어려울 정도로 빡빡했을 거다. 그러나 그는 뒤늦게 부재중 전화나 메시지를 확인하더라도, 꼭 답을 했다. 그것도 상냥하게. 마지막 메시지도 반드시 자신이 했다. "그럼 그날 뵐게요. 오늘도 즐겁게 보내세요."라고 마지막 인사를 하면, 잘 읽었다는 표시의 '^^'이라도 남겼다.

그런 대화가 반복되고 보니, '아, 이 사람에게 나는 하찮은 상대가 아니구나'라고 느껴지는 마법이 일어났다. 대한민국에서 손석희란 사람을 모르는 사람이 있을까. 그 손석희가 상대해야 하는 사람이 하루에도 얼마나 많을 것인가. 나는 그와 한 회사에 속하지도, 그에게 대단한 도움이 될 사람도, 과거에 큰 도움을 준 사람도 아닌데 말이다. '아, 이분은 누구에게나 이렇게 대하겠구나' 싶었다.

손 선배를 다시 본 경험이 또 있다. JTBC로 옮겨간 뒤 손 선배와 오랜만에 점심 식사를 한 날이었다. 상암동 JTBC 근처 식당에서 만났다. 가는 길에도, 식당에서도 손 선배의 회사 후배들을 마주쳤다. 그때마다 손 선배는 나를 소개하며 이렇게 말했다.

"한국일보 김지은 기자인데, 나와 '시선집중' 마지막 방송 함께한 친구야."

그 소갯말을 들으며 마음속에 불이 켜졌다. 그저 어떤 언론사의 아무개 기자가 아닌 나와 이런 특별한 인연이 있는 후배란 뜻이니까. 그 말을 들으면, 소개를 받는 상대방은 하나같이 "아~!" 하면서 나를 다시 쳐다봤다. 한 존재에게 이런 특별함을 부여하는 소개를 할 수도 있구나.

배우 김혜수 씨도 그렇다. 우리의 인연은 13년 전으로 거슬러 올라간다. 내가 9년간 몸담았던 첫 회사를 나와 '뉴스위크 한국판'에서 일할 때였다. 그곳에 몸담은 게 열 달 남짓이니 내 21년 기자 경력의 다리 같은 시간이었다. 그때 커버스토리로 김혜수 씨를 인터뷰했다. 그때로부터 간간이 연락을 주고받다가 올해 4월, 13년 만에 마주한 것이다.

"지은 씨가 만나고 싶다고 했잖아요. 그간 얼굴 보자는 말을 하지 않던 사람인데. 마침 나도 시간이 있었고요. 그렇다면 '봐야지' 싶었지."

그는 장소도, 시간도 자기는 다 괜찮으니 어디든, 언제든 정하라고 했다. 우리가 다시 만나는 날, 난 내가 보관하고 있던 배우 김혜수의 얼굴이 표지에 박힌 '뉴스위크 한국판'을 들고 나갔다. 내가 그 회사를 떠날 때 챙겨 둔 두 권 중 하나였다. 물론 당시 기사가 나간 뒤에도 그에게 발송했지만, 다시 만나는 날 전하고 싶었다.

그는 과연 내가 건넨 잡지를 다시 보며 반가워했다. 그날 10시간 넘게, 우리는 13년 묵은 이야기를 나눴다. 내가 말했다.

"기자로서 내 경력을 돌이켜보면, 신기한 시간이 '뉴스위크 한국판'에서 일한 시기예요. 내게 어떤 의미일까 생각해보곤 하거든요."

그 얘기에 그가 단박에 말했다.

"나 만나려고 거기 들어갔나 보다."

아! 또 한 번 내 마음에 불이 켜졌다. '내게 당신은 이렇게 특별한 존재야'라고 느껴지게 하는 마법이 이거구나.

돌이켜보면, 그 역시 단 한 번도 내 문자 메시지에 허투루 답한 적이 없다. 몇 시간이 지나든 메시지를 확인하면 늘 답했고 다정했다.

"잘 볼게요, 지은 씨."

짧은 답에도 마음을 실었다. 그 역시 누구에게나 그

러할 것이다. 결국 사람은 자신을 대하는 태도를 보면, 그가 어떤 사람인지 알 수 있는 거구나. 그는 적어도 '쓸모'를 두고 인연을 재단하는 사람이 아니구나. 나는 이렇게 소중한 존재구나.

그렇게 만드는 건 '일대일'의 태도였다. 일대일, 한 존재와 한 존재, 지금 우주엔 당신과 나만 있다고 느껴지도록 만드는 태도가 주는 마법이었다.

오늘도 난 내 앞에 그 누가 앉아 있든 그에게만 집중한다. 내 앞의 그가 그리하여 단독자의 특별함을 느끼면 좋겠다. 살아가는 힘이란 게 별 게 없다. 내가 이렇게 오롯한 의미가 있는 사람이라는 걸 타인에게서 느낄 때 살맛을 느끼는 것 아닐까.

다 정 한 경 청 의 태 도

엄마가 사기를 당했다. 모처럼 딸 노릇 좀 하나 싶었는데. 낡디낡은 세탁기를 건조기가 딸린 일체형으로 바꿔드리려고 했다. 엄마는 그런데, 엄마가 아는 판매업자가 싸게 해준다고 하니 그에게서 사겠다고 했다. 어쩌다 알게 된 그 사람이 2년여간 착실히 신제품 정보를 잊지도 않고 보내줬다는 거다. 그런데 그자는 돈만 받고 물건은 주지 않았다. 이후엔 아예 엄마 연락조차 받지 않았다.

사기를 당했다는 걸 인지한 뒤 엄마에게 물었다.

"왜 그 사람한테 사려고 했어?"

"매번 신제품 설명을 보내주니 고맙잖아. 이왕 사는 거 열심히 살려는 젊은 사람 도와주면 좋지 않겠어."

그는 아마 수십 명 혹은 수백 명에게 스팸 문자 메시

지를 뿌리듯 단체 전송을 했을 텐데. 더 화가 났다. 그런 엄마의 마음을 그자는 사기로 훼손한 것이다. 그러니 고소할 수밖에.

"반드시 처벌해주세요."

고소장에 분노를 꾹꾹 눌러 적었다.

고소장은 내가 썼지만, 조사는 고소인 본인인 엄마가 받아야 한다. 70여 년 엄마 인생에 경찰서는 처음이다. 딸이어도 대신해줄 수 없는 일. 기자에겐 경찰서가 낯설지 않다. 반드시 거쳐야 하는 출입처니까. 그런 나도 고소인이나 피고소인 신분으로 경찰이나 검찰에서 조사를 받을 땐 그렇게 불편할 수가 없었다. 일단 그 철제 의자가 문제다. 묘하게 사람을 겸손하게 만드는 힘이 있다. 그 의자에 엄마가 앉을 것부터 걱정이 됐다.

참지 못하고 전화를 했다. 엄마는 아직 조사를 받는 중이었다. 엄마에게 사건이 어디에 배당됐는지 묻자, 맞은편 경찰관이 본인이 설명하겠다고 했는지 전화를 넘겨받았다.

"안녕하세요! ○○경찰서 ○○수사팀 ○○○ 경위입니다."

전화 건너편에선 청량한 여성의 목소리가 들렸다.

'아, 안심이다.'

21년 동안 기자를 하며 얻은 부수적인 재능 중 하나는 인사하는 목소리나 태도만 봐도 어떤 사람인지 대략 파악된다는 사실이다. 게다가 그는 사건의 전모를 이미 파악하고 어떻게 수사할지도 머릿속으로 그리고 있었다. 일을 재치 있고 빠르게 처리하는 솜씨를 지녔다는 걸 직감할 수 있었다. 그러니 길게 부탁하고 말 것도 없었다. 간단히 통화를 마무리했다.

아차! 전화를 끊는데 불현듯 '이 말은 할 걸' 싶었다.

'엄마 잘못이 아니다, 누구도 당할 수 있는 게 사기다, 나이 들어서 당한 게 아니다, 그러니 너무 자책하지 마시라.'

이렇게 말해 달라는 부탁 말이다. 수사 담당자가 그렇게 말해주면 엄마 마음이 한결 가벼워질 것 같았다.

"그냥 너더러 사라고 할 걸, 괜히 내가 고집을 피워서…."

사기를 당한 뒤 엄마가 이렇게 말씀하실 때마다 속이 부글부글 끓었던 터다. 내가 아무리 '괜찮다'고 해도, 엄마는 그렇지가 못했다.

1시간여 뒤, 조사를 마친 엄마에게서 전화가 왔다. 그런데 오랜만에 엄마 목소리가 하늘을 날았다. 그 경찰이 그렇게 야무지고 따뜻할 수가 없더란다. 처음엔 엄마한테 "선생님, 선생님." 하더니, 내가 자신과 동갑이라는 걸 알고 나더니 "제가 어머님이라고 불러도 될까요?" 하면서 진짜 엄마에게 말하듯 했다는 것이다.

"스트레스 받고 걱정해서 아프시면 그게 제일 손해가 막심한 거예요. 일은 저희가 할 테니 이제 걱정 말고 기다리고 계세요. 액수가 적다고 수사 진척이 더딘 게 아니에요. 그리고 이게 왜 적은 돈이에요. 나이 들어서 당하신 게 아니에요. 누구라도 사기는 당할 수 있어요. 선의를 가진 사람한테 사기를 친 사람이 나쁜 거지, 어머님 잘못이 아니에요."

조서를 쓰며 그렇게 다정하게 말했다고 한다. 특히 '스트레스로 아프시면 그게 제일 큰 손해'라는 말은 세 번이나 하더라고 엄마는 말했다.

내 속이야기를 듣기라도 했을까. 정말 신기하고 고마웠다.

"게다가 일 처리는 어쩜 그렇게 척척 신속하게 하는지."

엄마의 칭찬은 끝이 날 줄 몰랐다.

엄마는 이미 경찰서에 들어선 순간부터 위로를 받았다고 했다. 엄마는 아마 경찰서의 낯선 공기에 이미 잔뜩 얼어 엉거주춤 들어갔을 것이다.

"무슨 일로 오셨어요?"

그런 엄마를 보자마자 환하게 웃으며 응대한 이가 그 경찰이었다고 한다.

'이 사건은 끝났구나.'

엄마의 얘기를 듣고 그런 생각이 들었다. 이렇게 위로 받고 치유를 받았으니 말이다. 돈은 나중 일이다. 떼인 돈을 받고 피의자가 법의 처분을 받는다고 해도 상처받은 마음까지 치유되긴 어렵다. 게다가 수사가 끝날 때까지 고소인의 마음 한편은 늘 비구름이 짙게 내리깔려 있을 테다. 그런데 수사가 종결되기도 전에 이런 효력이 나타날 수도 있다는 걸 이번에 알게 된 거다.

경찰과 다정함이란 단어는 왠지 어울리지 않는다. 어색한 두 단어가 만나니 이런 힘이 발휘된다. 사무적으로 육하원칙을 묻고 피의자 처벌 의사를 확인하는 것으로 조사를 마칠 수도 있다. 그게 정석인지도 모른다. 하지만 그런 조사는 억울하게 사기를 당해 법에 호소하려 사법기관을 찾은 무고한 시민의 마음까지 어루만져주지는 못한다. 고소인은 조사를 받고 나오면서도 한숨을 크게 내쉴지도 모를 일이다. '다정한 조사'는 수사만으로는 풀어주지 못하는 마음의 상처까지 보듬었다. 그렇다고 조사 시간이 더 길어진 것도 아니다. 역량과 직무를 벗어난 행위도 아니다. 태도의 문제다.

새삼 '듣는 태도'에 관해 생각해본다. 이런 것이 마음으로 듣는 태도가 아닌가 싶어서다. 사람이라서 우리는 상대가 마음으로 듣는지, 귀로 듣는지를 귀신같이 알 수 있다. 상대가 마음으로 듣는다는 건 부연 설명이 필요 없다. 빛의 속도로 느껴진다. 마음이 열리지 않을 도리가 없다.

　　엄마는 "처음 보는 경찰한테 조사를 받으면서 이 말 저 말 중얼중얼 다 했네."라며 웃었다. 마음으로 고소장을 들어주는 경찰관이어서 엄마는 당신도 모르게 속엣말을 했을 것이다. 그래서 후련했을 거고, 그 말을 듣고 반응한 그 경찰의 진심이 담긴 말에 위안도 받았을 테다. 마음으로 듣는 태도의 힘, 그 힘이 자아내는 변화가 바로 이런 것이었다.

조훈현, 고수의 태도

"처음 자동 세차를 하러 가는 초보 운전자예요. 고수처럼 보이는 법 알려주세요!"

출근길 라디오에서 이런 사연이 나왔다.

"창문을 내리고 한쪽 팔을 걸치고 들어가세요."

"자연스럽게 노래를 흥얼거리세요."

"기어를 중립으로 해놔야 하는지, 사이드 미러는 언제 접어야 하는지 먼저 질문 세례를 퍼부으세요."

청취자들의 답변이 쏟아졌다. 들으면서 엉뚱하게 이런 의문이 들었다.

'꼭 고수처럼 보여야 하나.'

그러잖아도 피곤한 세상이다. 심지어 처음 세차하러 가는데도 고수처럼 보이려고 노력해야 한다니. 아마 풋내기처럼 보였다가는 뒤통수 맞기 십상인 세상인데다, 살면서 쌓인 불쾌한 경험들이 만든 삶의 지혜 아닌 지혜 인지도 모르겠다.

기자들도 비슷하다. 저연차 시절 많은 기자들의 고민 중 하나는 '어떻게 하면 나이 들어 보일까'이다. 어려 보이면 출입처에서 무시당할 것이란 두려움 때문이다. 수습기자 때부터 타사와 취재 경쟁이 몸에 밴 기자들은 '정보 카르텔'에서 제외되기를 극도로 꺼린다. 남이 알면 나도 알아야 하고, 나만 아는 건 남이 몰라야 한다.

희소가치가 높은 정보에 접근하는 길은 사람이다. 귀한 정보를 갖고 있는 사람과 친밀해져야 한다. 순진무구해 보여선 '아이고, 좀 더 커서 와라' '얘기가 통해야 말도 해주지'란 취급을 받기 십상이다. 20대 중반에 처음 기자가 된 이들이 만나야 하는 취재원들은 대개 40대 안팎인데다, 고급 정보를 쥔 사람일수록 나이도 많으니까.

나는 좀 달랐다. 외려 때론 하수처럼 보이기를 택했다. 어차피 내가 아무리 꾸미고 연기를 한대도 살아온 세월이 만든 그들의 눈에 내가 고수처럼 보일까. 내공과 구력이 단기에 만들어지는 것도 아니고 말이다. 무엇보다 그것도 내겐 거짓말 같았다. 그래서 포기하고 그냥 그때의 나로 다가가자 싶었다.

정치부에 처음 갔을 때다. 내가 출입한 정당은 영남권 의원들이 다수인데다, 그 지역 출신들이 당의 중역을 맡고 있었다. 나는 호남에서 자라 서울에서 대학을 다녔다. 그때까지 수학여행으로 경주에 가본 것을 빼곤 영남권 대도시조차 가본 적이 없었다. 그런 내게 그 당의 '말'은 마치 외계어처럼 들렸다. 나중에는 대구·경북(TK)과 부산·경남(PK) 사투리 사이의 미묘한 차이까지 알아채는 수준이 됐지만.

'정치 언어'도 무척이나 낯설었다. 정당 출입 말진 기자의 기본 소임은 아침마다 있는 당 회의를 받아치는 것인데 나는 말하자면 '리스닝'이 안 됐다. 정치 언어가 무척 낯설어서 들리지 않았던 것이다.

그러니 당직자나 의원실 보좌진에게 얼마나 어리숙해 보였을까. 게다가 그때 나는 그 당에서 배척했던 진보매체 소속 기자였다. 그 당에서 내가 인간관계를 만들어나가는 전략은 하나였다.

'나는 솔직한 기자다.'

고수처럼 보이려고 노력하지 않았다. 하수라는 걸 인정하고 바닥에서 시작했다. 그들에겐 사소하게 느껴지는 사안도 자꾸 물었다.

"그건 왜 그렇게 된 거예요?"

평계대기에도 좋았다.

"제가 정당 출입이 처음이라…."

"제가 정치부에 온 지 얼마 안 돼서…."

여의도도 사람 사는 곳이라 그런 기자에게 상세하고 친절하게 설명해주는 구세주를 많이 만났다. 지금까지 인연을 이어온 이들은 바로 그들이다.

때로 어떤 취재원은 '너희 매체의 과거 보도 때문에 우리 당 소속 대선 후보가 낙선했다. 너는 그런 원죄가 있는 매체의 기자 아니냐'고 따지거나 등을 돌리기도 했다. 그래도 나는 '그건 이미 과거의 일 아닌가요' 했다. 황무지에서 살아남으려면 그렇게라도 씨앗을 뿌리고 물을 대야 했다. 따지고 보면 틀린 말도 아니다.

상대의 측은지심을 유발하는 장점도 있다. 그들도 이미 '아는 척'하는 기자들을 많이 만났을 것이다. 기자들이 알아봐야 '선수'들을 못 따라간다. 그런데 적지 않은 기자들이 '내가 이렇게 많이 알아' 전략을 쓴다. 식사할 때 중진 의원에게 가르치듯 말하는 기자들도 있다. 그런 때 옆에서 나는 얼굴이 화끈거린다. 그런 태도는 상대의 입을 닫게 한다. 주요 취재원과의 식사는 공식적인 자리에서는 들을 수 없는 내밀한 뒷얘기와 정보를 접할 수 있는 귀한 시간이다. 그런데 기자가 아는 척한다면? 취재원은 입을 열기가 꺼려진다. 겉으론 기자 비위를 맞추는 모양새를 취하겠지만 속으로는 비웃을지도 모를 노릇이다. 어떤 경우엔 스멀스멀 불쾌감까지 올라올지도.

나는 사석에서도 접고 들어갔다. 모르는 건 '모른다', 궁금한 건 '궁금하다'면서 한껏 호기심 어린 하수의 태도로 물었다.

'내 짐작은 이런데, 실제는 다를 것 같다.'

'나는 여기까지만 들었는데(취재가 됐는데) 실상은 뭐냐.'

'당신이라면 이 내용을 다 알고 있을 듯한데 알려 달라.'

내가 하수가 되면, 상대는 신이 난다. 알려주고 싶고, 말해주고 싶어진다. 취재원 대부분이 그랬다. 나는 그래서 성악설보다 성선설을 믿는다. '그렇게 몰라서 이 판에서 어떻게 살아남으려고 그래'라며 다가와주고 '과외 선생'을 자처한 취재원들이 지금도 그렇게 고맙다.

그때는 그걸 딱히 전략이라고 생각하지 않았는데, 돌이켜보니 먹히는 전략이었다. 여의도는 노회한 고수들이 판을 들었다 놨다 하는 곳이다. 바로 내 눈앞에선 '아'라고 말한 사람이, 뒤돌아 '어'라고 거짓말하는 일 정도는 사건도 아니다. 그런 곳에서 하수인 걸 인정하고 다가간 나 같은 기자들이 '적어도 기사로 뒤통수칠 기자는 아니구나'라는 인식을 준 것 아닌가 싶다. 적어도 기사로 장난치는 '노회한 고수'는 아니라는 신뢰 말이다.

국회의원이 된 조훈현 9단을 인터뷰한 적이 있다. 조 9단이 누군가. 세계 최다승(1949회), 세계 최다 우승 타이틀(160회) 기록을 보유한 바둑의 국수다. 그런 그가 '나는 정치의 하수'라고 말했다. 비례대표로 여의도에 입성한 지 얼마 되지 않아 '재선은 하지 않는다'고 결심한 이유이기도 하다. '나는 하수고 고수가 될 생각이 없다'는 얘기였다.

비례대표보다는 지역구 의원이, 초선보다는 다선 의원이, 평의원보다는 당직 의원이, 당직 의원보다는 대선 주자가 힘이 센 여의도의 지형에서 바둑의 국수는 제 뜻대로 돌을 놓을 수가 없었다. 시절은 하필 국정농단이라는 거센 파고가 일었던 때였다. 고수의 입에서 너무도 쉽게 '하수'라는 자인이 나와 슬프기도, 허탈하기도 했는데 곧이어 '정치의 고수가 되기 싫다'는 의지의 표현이라는 생각이 들었다.

국수의 판 읽기 결과였다. 아이러니했다. '나는 하수'라는 말을 반복하는 그를 보면서 '고수는 고수구나' 싶었으니까. 하수인 걸 인정할 줄 아는 용기, 그게 진정한 고수의 태도 아닐까.

나는야 '칭찬중독자'

"유이히~, 그럼 여기서 주어를 'She'로 바꾸면 어떻게 되겠어? 그렇지~!"

아직도 가끔 할아버지의 환호와 음성이 귓가를 맴돈다. 내게 할아버지·할머니는 엄마의 아버지·어머니뿐이었다. 그래서 내가 '할아버지·할머니'를 말할 때 그건 보통의 외할아버지·외할머니를 뜻한다.

나는 할아버지에게서 영어를 배웠다. 할아버지는 영어 교사셨다. 내가 초등학교 6학년에 올라가자 할아버지는 본격적으로 영어를 가르치기 시작하셨다. 할아버지는 말하자면 모든 면에서 일류를 꿈꾸는 분이었다. 부유하거나 명예를 얻는 일류가 아니라 품위와 학식, 인품을 두루 갖춘 일류 말이다. 거기다 낭만까지. 그런 수준 높은 분이 내 할아버지였다.

취미도 다양했다. 수동 카메라를 종류별로 갖추고 가족 모임 때마다 흑백사진을 찍어주셨다. 덕분에 나는 어린 시절 흑백사진부터 폴라로이드까지 사진이 많다. 클래식을 좋아해 늘 할아버지 댁엔 모차르트나 브람스의 음악이 흘렀다. 클래식 음반도 시간이 날 때마다 모으셨다. 돌아가신 뒤에야 할아버지의 CD장을 보고서 EMI부터 낙소스까지 레이블도 두루 따져가며 들으신 걸 알고 놀랐다. 그렇게 클래식을 좋아하셨으니 바이올린을 왜 안 배우셨겠는가. 할아버지는 '바이올린이 사람의 음성과 가장 닮은 악기'라고 하셨다. 할아버지의 가장 오랜 취미는 난 키우기다. 난꽃이라도 피면, 나부터 부르셨다. 그 덕에 난향의 그윽함을 어릴 때부터 알았다.

그런 '취미 부자' 할아버지의 최고 특기는 칭찬하기다. 나는 할아버지께 영어를 배우면서부터 내가 영재쯤은 되는 줄 알았다. 영어를 난생 처음 배우는데 내가 뭘 그렇게 잘했겠는가. 그런데 할아버지는 지적하는 법이 없었다. 늘 "그렇지! 그렇지!", "유이히~!"라며 맞장구를 치셨다.

할아버지는 문장으로 영어를 가르치셨다. 스케치북에 기본 문장을 적으시고 다양한 활용문을 추가해나가는 방식이었다. 할아버지가 스케치북에 퀴즈를 내면 나는 공책에 답을 적었다. 할아버지의 추임새를 들으려고 나는 더 머리를 굴려 답을 생각했고, 할아버지를 따라 발음했다.

가끔 내가 오답을 쓰면 할아버지는 바로 지적하지 않고 "으음~." 하며 살짝 힌트를 주셨다. 끝내 내가 정답을 적으면 마치 처음부터 제대로 된 답을 적어낸 것처럼 또다시 환호성을 지르셨다.

그러니 나는 영어가 재미있었고 더 잘하려고 말하고 또 말했다. 중학교에 들어가선 영어 교과서를 통째로 외웠다.

"영어는 언어고 습관이야. 아기가 입이 트일 때 문법이 아니라 말로 습득하는 거거든."

할아버지의 지론이다. 지금이야 이런 교육 방식이 보편적이지만, 내가 영어를 처음 배운 때는 1980년대다. 나는 할아버지의 교육 방식 덕분에 그 시절 드물게 영어를 말로 배웠고, 문법은 나중에 익혔다.

따지고 보면, 내 이름을 걸고 코너를 만들 기회가 주어졌을 때 인터뷰를 택한 것도 칭찬 때문이다. 후에 정부 고위 관료가 된 한 경제학자를 인터뷰할 일이 있었다. 그때 나는 문화부에서 학술 분야를 담당했다. 우리 회사가 주는 한국출판문화상 저술·학술상에 그분의 책이 선정돼 내가 인터뷰를 하게 된 거다. 신문으로 따지면 200자 원고지 6장 분량의 소감 인터뷰를 하러 가서 2시간 넘게 대화를 나눴다. 인터뷰가 재미있다고 느낀 게 참 오랜만이었다.

시간 가는 줄 모르고 선생도, 나도 인터뷰를 이어갔다. 신문엔 원래 계획대로 6매짜리 기사가 들어갔지만, 온라인엔 인터뷰 풀 버전을 써서 올렸다.

기사를 보곤 선생이 전화를 해왔다.

"김 기자, 참 인터뷰를 잘해요. 그리고 잘 쓰는 사람이에요. 내가 내로라하는 매체나 기자들과 인터뷰를 얼마나 많이 해봤겠어요. 그중 손에 꼽을 정도예요. 그냥 하는 말이 아니에요."

글도 잘 쓰고 말도 잘하는 분의 이런 칭찬이라니. 처음엔 예의상 하는 말인 줄 알았는데 진심이었다. 짐작컨대, 내가 정치·문화·사회부까지 두루 해본 덕에 그런 것이 아닐까 싶었다. 그분의 저작은 말하자면 한국의 독특한 자본주의를 파헤친 책이었다. 그런데 그 중요한 배경으로 그는 정치의 영향을 꼽았다. 그러니 인터뷰는 단순히 책의 내용이나 학술적 가치가 아닌 정치 얘기까지 두루 이어졌다. 여러 부서를 경험한 기자의 장점은, 그만큼 호기심이 다방면에 걸쳐 있다는 사실이다. 질문을 할 때마다 그분은 '어, 이 친구 봐라' 하는 듯한 표정으로 흥미롭게 답을 이어간 기억이 난다.

아마도 알게 모르게, 그분의 칭찬이 내 안에 남았을 거다. 그때는 그분도, 나도 몰랐다. 딱 4년 뒤에 내 이름을 건 인터뷰 코너를 시작해 지금까지 이어오게 될 줄은.

사람을 성장시키는 건 결국 칭찬이다. 열정이 펄펄 끓던 20~30대엔 나도 지적과 비판이 사람을 변화시킨다고 믿었다. 후배들의 결과물이 미흡하거나 내 지시대로 잘 따라오지 못한다고 생각될 땐 열과 성을 다해 '깼다'. 모르긴 해도 후배들이 뒤에서 '김지은 선배한테 깨지면 뼈도 못 추린다'고 수군댔을 거다. 나는 그것이 선배로서 내 의무라고 믿었다.

그런데 그러면서도 정작 나는 깨지는 걸 못 견뎌 했다. 깨지지 않으려고 더 열심히 취재하고, 단독 기삿거리를 '물어왔다'. 심지어 선배가 나를 깰 수 있는 여러 가지 경우의 수를 상정하고 그에 대비하면서 일을 했다.

그런 나의 아이러니를 깨달은 건 J 선배와 한 팀이 되면서다. J 선배는 캡(캡틴의 준말. 예부터 언론사에선 사회부 사건팀장을 캡이라고 불렀다.)이고 나는 바이스캡(줄여서 '바이스'라고 부른다. 부팀장을 뜻한다.)이었다. 그는 과묵하기로 유명한 사람이었다. 처음엔 몰랐다. 그래서 그저 무섭게 느껴졌다.

바이스로 발령을 받고 이삼일이 지났을까. 갑자기 J캡이 전화로 물었다.

"내일 점심 약속 있어?"

있어도 없어야 할 판이었다. 다른 후배들도 오는 줄 알았는데 약속 장소엔 둘 뿐이었다. 긴장됐다. 내가 뭔가를 잘못한 거라고 짐작했다. 따로 불러 타이르거나 깨려고 부른 게 분명했다. J캡은 소주까지 한 병 시켰다. 나는 어느새 속으로 사건팀에 온 이후 나의 행적을 곱씹고 있었다.

그런데 J캡은 우리의 상사인 사회부장의 요즘 생각은 어떻고, 어떤 기획은 누가 준비하고 있으니 잘 챙겨주길 바라며, 자신이 출입하는 시경(서울경찰청)의 동향은 이러저러하다는 따위의 말을 조곤조곤 건넸다. 우리는 후식으로 커피까지 한잔 마시고 헤어졌다. 선배는 일주일에 한두 번씩은 꼭 그렇게 나를 불러 전할 건 전하고 상의했다. 그건 나를 부팀장으로 인정하고 그만큼 신뢰하고 있다는 시그널이었다. 지적 같은 건 없었다.

몇 주가 지나 나라는 기자에 대해 어느 정도 파악이

됐을 때 선배는 이렇게 말했다.

"너도 가끔 지칠 때가 있긴 한 거지?"

그건 정말 잘하고 있다는 최고의 칭찬이었다. 나는 신이 나서 더 일에 몰두했다. 사건팀에 있을 때 특종상을 세 번이나 받았다.

왜 내가 그렇게 열심히, 자발적으로 일하게 됐나 했더니 칭찬 때문이었다. 언론사는 생리상 칭찬이 거의 없다시피 한 조직이다. 태생이 남성적인 문화가 강한데다가 매일매일이 타지와의 경쟁이니 당근보다는 채찍이 익숙한 곳이다. 전쟁터에서 칭찬은 사치라고 윗세대 선배들은 여겼을 것이다. 내가 몸담은 한국일보는 유독 그런 문화가 강하기로 유명한 곳이다. 오죽하면 '기자사관학교'란 별칭까지 붙었을까. 그런 사막에서 J 선배는 오아시스였다. 그러니 힘든 줄도 모르고 신이 나 일한 것이다.

나중에 인사가 나서 선배가 나보다 먼저 사건팀에서 나가게 됐다. 그때 선배는 후임 캡에게 이렇게 말했다고 한다.

"김지은은 그냥 놔두면 돼. 믿고 놔두면 알아서 후배들도 챙기고, 단독도 해. 그런 애야."

그때 깨달았다.

'아, 나는 칭찬중독자구나. 누군가 나를 움직이고 싶

으면 칭찬을 해주면 되는구나. 나만 그런 게 아니라 사람은 다 비슷한 거구나. 나도 후배들에게 저런 선배가 돼줘야겠다.'

그 이후로 이런 원칙을 정했다.

'지적은 조용히 강하게 한마디로, 칭찬은 공개적으로 확실하게.'

특히 칭찬의 때를 놓치지 않으려고 노력했다. 우리는 얼마나 인정에 목마른 존재들인가. 칭찬은 상대가 나를 알고 믿으며 인정한다는 뜻이다. 백 번 지적하고 깨봐야 자존감에 흠집만 생긴다. 상처받은 영혼으로 다른 상처받은 영혼의 얘기를 어떻게 듣겠는가. 권력 앞에서 기자로서 어떻게 자존심을 지키겠는가. 자기를 사랑하지 않는데 세상은 어떻게 사랑하겠는가.

그래서 요즘 나는 내가 칭찬중독자인 걸 만방에 알리려고 노력한다. 칭찬도 즐겨 하고 칭찬 듣기도 좋아한다고. 그 칭찬은 팩트에 근거해야 한다고. 칭찬이란 게 입에 발린 말이 아니라고. 칭찬은 사람을 긍정적으로 변하게 만드는 태도의 언어라고.

언 니 의 태 도

―――――――――

상담소를 하나 열었다. 이름은 '아무거나 상담소'. 후배
들에게 해우소 하나쯤 필요하겠다 싶어서다. 기자란 일
의 특수성은 해를 거듭할수록 나를 외롭게 만든다. '회사
욕'을 하고 싶어도 기자가 아닌 사람에게 하려면 품이 든
다. 배경 설명이 너무 장황해지는 탓이다.

　나 역시 연차가 쌓이면서 주변을 둘러보니 남아 있는
사람이 죄다 같은 회사나 타사 선·후배였다. 처음엔 워낙
바빠 다른 직종의 친구들을 만나지 못해 그렇게 됐고, 나
중엔 오랜만에 그들을 만나도 할 얘기가 줄어들었다.

　그러니 기자를 하면서 마음의 곳간에 그득한 고민은
어디에 풀어놓겠나. 같은 길을 가는 동기, 먼저 가본 선
배가 딱이다. 그런데 후배들을 보니, 회사 선배에게는 얘

기를 잘하지 못하는 것 같았다. 말이 새어 나갈까 걱정도 되고, 선배가 자신을 어떻게 볼지 두렵기도 할 터였다.

그래서 만든 게 '아무거나 상담소'다. 원칙은 이렇다. 둘만 만난다. 셋만 돼도 서로의 속내를 말하기가 쉽지 않다. 식사 시간이 길어봐야 1시간 30분 정도인데, 세 명이서 얘기하려면 숨이 찬다. 비밀을 유지하기도 쉽지 않다.

두 번째, 내가 먼저 내 고민을 말한다. 실수담이어도 좋다. 회사 뒷담화도 좋은 선택이다.

"그런데 너는 어때?"

후배들의 눈이 반짝거린다.

"너도 이런 얘기 할 곳이 하나쯤은 있어야 하지 않겠니. 우리 서로 숨구멍 좀 돼주자. 그리고 내가 지금까지 기자를 해서 좋은 게 뭔데, 웬만한 고민 들어줄 구력도 쌓였다는 거지."

그리고 마지막. '아무거나 상담소'의 다음 손님을 그 후배가 연결시켜주는 것이다. 비슷한 연차끼리는 누가 지금 힘든지, 고민이 있는지 더 잘 아는 법이니까.

'아무거나 상담소'를 차린 뒤로 바뀐 건 또 있다. 내 표정에 신경 쓰자는 거다. 내 멘토 같은 타사 후배 홍수영 동아일보 국제부장에게 배웠다. 수영은 내가 정치부에서 정당 출입을 하며 만난 동료다. 정치의 본질이 아닌 정쟁을 중계하는 기사에 매달리기 쉬운 정치부에서 그와 나는 서로 중심을 잃지 않도록 붙잡아주고 격려했다.

수영과는 정치인을 만나는 기자 모임에서 친해지게 됐다. 정치부는 보통 정치인 한 명을 여러 언론사 기자가 모임을 꾸려 만난다. 정치인에게는 한 번 식사에 여러 언론사 기자들을 만날 수 있으니 득이 되고, 연차가 고만고만한 기자들에게는 일대일로 만나는 것보다는 부담이 덜하니 좋다. 그래서 생긴 '관례'다. 물론 반장이나 부장급이 되면 홀로 정치인을 만나기도 하지만.

수영은 그런 모임에서 나와 궁금한 게 비슷했다. 나는 정치인에게 곧잘 본질을 물었다.

"그런 선택을 해서 얻는 정략적인 이익은 이해를 하겠지만, 정치적인 도의를 생각하면 장기적으론 해가 되지 않을까요?"

"왜 정치를 시작하셨어요?"

"지금 정치를 하는 이유는 처음과 달라졌나요?"

그도 결이 비슷했다. 정치인을 만나고 나오는 길에 소회를 나누다가 서로 생각이 통한다는 걸 시나브로 알게 됐다.

"선배, 그래도 저런 정치인이 있어서 참 다행이지 않아요? 우리 세대의 고민을 나눌 수 있어서, 저 의원을 만나면 괜히 든든해요."

그런 속내를 내보여주는 그가 나는 좋았다. 무엇보다 그는 기사로 '장난치지 않아서' 나 같았다. 이름값 있는 언론사의 기자일수록, 그리고 정치부에서 취재한 경험이 많을수록 정치부 기자들은 종종 '플레이어'로 전락한다. 내 기사로 정치판을 좌지우지하고 권력을 움직일 수 있다는 착각에 빠지는 것이다.

그러나 수영은 어떤 자리에서 취재를 하든, 어떤 기사를 쓰든 자신이 기자임을 잊지 않았다. 정치인을 만날 때 그리고 기사를 쓸 때 그의 태도를 보면 알 수 있었다.

얼핏 여성스럽고 조용해 보이지만, 그는 정의롭고 강인한 사람이다. 동생이면서도 언니 같은 후배로 여기는 이유다. 업무를 떠나 나의 내밀한 고민까지 스스럼없이 털어놓고 상의한다. 지금도 타사 기자 중 내게 귀감이 되는 기자를 하나 꼽으라면 주저 없이 홍수영이다.

그런 그가 취재원이 '혹시 내가 꼭 알고 지내야 할 기자가 있을까요'라거나 '만나면 좋을 기자가 있으면 함께 나와요'라고 했을 때 나를 일컬으며 '내가 아는 최고의 참기자'라고 소개한다는 걸 알게 됐다.

그러더니 그는 종종 내게도 면전에서 '참기자 선배'라고 불렀다. 처음엔 무척 쑥스러워했는데, 시나브로 그

호칭에 합당한 기자가 되려고 노력하고 있는 나를 발견
했다. 말의 힘이 그런 거다.

능력과 인품이 훌륭한 수영은 연차에 비해 일찍 부장
이 됐다. 부장 승진을 축하하려 오랜만에 만난 그는 내게
이런 말을 했다.

"선배, 저 부장이 되고 나서 표정에 신경을 써요. 생
각해보니까, 우리 회사에서도 '데스크' 하면 으레 다 심각
한 표정을 하고 앉아 있더라고요. 그런데 그 데스크의 표
정이 얼마나 후배들에게 미치는 영향이 커요. 우리가 잘
알잖아요. 그러잖아도 고된 일을 하는 우리인데, 부장이
표정이라도 밝게 하고 있으면 같은 일을 해도 후배들이
마음 편히, 즐겁게 할 수 있지 않을까 해서요."

자리가 사람을 만든다더니, 그가 그랬다. 내가 미처
생각하지 못한 면이었다. 무릎을 쳤다.

"맞다. 나도 그래야겠어!"

그래서 '아무거나 상담소' 소장이 된 나는, 상담소에
서도 일상에서도 웃으려고 한다. 딱히 즐거운 일이 있지
않아도, 웃는다. 후배들을 만나면 더 활짝 웃는다. 웃음
의 전파력, 웃음이 퍼뜨리는 긍정의 힘이 어디까지 미칠
지 시험이라도 하듯.

신기한 건, 가장 큰 효험은 내가 보고 있다는 사실이

다. 웃으니 감사한 일이 떠오르고, 같은 기사를 써도 태도가 달라졌다.

어느새 회사에서 어디를 가나 선배인 연차가 됐다. 그래서 좋은 건, 후배들에게 줄 수 있는 게 많아졌다는 사실이다. '최인아책방'의 최인아 대표가 "살면서 어떤 때 행복한가요?"란 내 질문에 이렇게 답한 적이 있다.

"그게… 참 뜻밖입니다. 나는 대단히 개인주의자라고 생각했거든요. 그런데 누군가를 기쁘게 할 때 행복하다는 걸 알았어요. 회사에서 임원으로 조직 관리를 하던 때도 후배들의 고민을 해결해줘서 그들의 얼굴이 밝아지면 기쁘더라고요. '내가 이렇게 쓰이고 있구나' 깨닫게 돼서."

그 행복을 4년이 지나 나도 느끼고 있다. 그래서 오늘도 후배들에게 말한다.

"선배를 많이 써먹어라. 그러려고 있는 게 선배니까."

그래서 '아무거나 상담소'에선 선배가 아니라 언니가 되고 싶다.

눈빛의 언어

정치인 A를 밀착 취재한 일이 있다. 그는 오랜 지역구였던 '텃밭'을 떠나 서울의 격전 지역에 도전장을 내민 터였다. 상대 당에서도 비슷한 체급의 정치인이 출마해 그 지역은 당시 총선 최대 격전지 중 하나로 꼽혔다. 두 거물 정치인의 '빅 매치'가 성사된 거였다.

새벽부터 오후까지 A의 선거운동을 따라붙는 게 내 임무였다. 말하자면 하루 동안 그의 일거수일투족을 관찰, 취재하고 인터뷰도 하는 거다. 그런데 가까이서 그를 보곤 깜짝 놀랐다. 다른 것도 아닌 그가 유권자들과 악수하는 모습을 보고서다.

선거 때 정치인이 가장 많이 하는 일은 악수다. 허리 굽혀 인사하고, 손을 내밀어 악수를 하는 건 선거운동의 기본이다. 자신이 이 지역에 출마했음을 알리는 동시에 '얼굴 도장'을 찍어 호감을 사야 한다. 그러니 악수는 아주 사소해 보일 수 있으나 가장 중요한 행위다.

그가 악수를 하는 모습에 놀란 건 시선 때문이다. 악수를 하는 데 걸리는 시간은 대략 3초. 두 손으로 유권자의 손을 잡고 미소를 지으며 상대의 눈을 응시해 신뢰감과 친근감을 전달하는 것. 이는 누구나 아는 악수의 공식 아닌가. 게다가 그는 경험 많은 정치인이고, 선거라는 전장에 선 상태였다. 그런데도 그는 악수할 때마다 손만 상대에게 가 있을 뿐 시선은 대부분 다른 곳을 향했다. 마치 다음 악수할 사람을 찾는 것처럼.

이래서는 악수를 할 때마다 상대는 '뭐야' 하는 불쾌감, 불신을 느낄 것이다. 이런 악수라면, 악수를 할 때마다 표는 떨어져 나갈지 모른다. 악수가 악수惡手가 되는 순간이다.

점심시간이 돼 그는 지역의 한 대형 식당에 들어섰다. 나는 거기서 그가 식사를 하는 동안 잠시 인터뷰를 하기로 했다. 식사를 얼추 마친 그에게 다가가 내 소개를 했다. 그는 나와 악수를 하면서도 내 눈을 바라보지 않았다. 인터뷰할 때도 시선을 자주 피했다. '억지로 이 자리에 앉아 있는 건가' 하는 생각마저 들었다.

'사람의 눈빛이 이렇게 중요한 거구나.'

그의 악수 때문인지는 몰라도, 그는 결국 낙선했다.

반면, 대통령까지 지낸 또 다른 정치인 B는 매우 공을 들여 악수를 하는 인물로 유명하다. 그가 당 대표를 할 때 나는 그 당의 출입 기자였다. 그는 기자회견이나 간담회를 할 때면 늘 일일이 기자들에게 다가가 악수를 하는 것으로 그 자리를 마무리했다. 어느 날은 그 자리에 반장(정당 출입팀장) 선배도 동석을 했다. 선배는 평소 그 정치인에게 매우 비판적이었다. 그런데 악수를 하고 나더니 내게 말했다.

"원래 눈빛이 저렇게 자애로웠나. 악수를 하면서 내 눈을 바라보는데 나도 모르게 그런 생각이 들더라."

손을 내밀어 적당한 강도로 상대의 손을 쥐고, 동시에 눈은 상대를 바라보며 입가엔 지긋이 미소를 띤다. 그의 악수는 정치인 인사의 정석과도 같았다. 물론 다분히 훈련된 눈빛이고 태도다. 100명과 악수하면 100명 모두에게 그는 같은 자세와 눈빛으로 악수를 할 거다. 좋게 말하면 일관된 것이고 나쁘게 말하면 로봇과 비슷하다고도 할 수 있다. 그렇지만 악수를 하면서 상대를 바라보는 눈빛 하나로 그는 자신에게 결코 우호적이지 않은 기자에게 호감을 건넸다. 사람을 사로잡는 3초란 이런 것이구나 싶었다.

대학 때 방송아카데미에서 수업을 들은 적이 있다. 유수의 다큐멘터리를 연출해 이름을 알린 PD 출신 강사는 우리에게 물었다.

"내가 내뱉는 문장 중 정말 아는 단어가 몇이나 될까요?"

그러면서 그는 예를 들었다.

"자, '몇 월 며칠 난 큰불로 1헥타르의 밭이 탔습니다'라는 문장을 봅시다. 여기서 헥타르의 면적을 정확히 아는 사람 있나요? 그걸 알고 저 문장을 말하는 앵커와 그렇지 않은 앵커의 눈빛은 분명히 다릅니다. 신뢰는 눈빛에서 나와요."

알고 보면 눈빛은 많은 걸 담는다. 상대가 내 얘기를 경청할 준비가 돼 있는지 귀찮은지, 불안한지 평안한지, 슬픈지 기쁜지, 믿을만한 사람인지 그렇지 않은지, 경멸하는지 존경하는지…. 그러니 첫 만남에서 인사를 나누고 상대방을 바라보는 3초는, 눈빛에 무엇을 담느냐에 따라 그를 사로잡을 수도 있는 시간이다.

인터뷰를 할 때도 나는 상대를 응시하려고 노력한다. 손은 그의 말을 받아 적고 있지만, 눈은 그의 눈을 향한다. 이 귀한 시간을 내어 처음 보는 기자에게 자신이 살아온 여정과 속내, 삶의 굽이굽이에 담긴 맥락을 말해

주는 그다. 나는 기꺼이 '당신의 얘기를 다 들을 준비가
돼 있어요'라는 신호를 눈빛에 담아 보낸다. 내가 그의
얘기를 듣고 어떤 감정인지 또한 눈빛에 실릴 것이다.

　많은 기자들이 취재원의 동문서답이나 장황한 얘기
에 어떻게 대처해야 할지 몰라 당황해 한다. 말을 자르거
나 그걸 묻는 게 아니라고 지적하자니 상대의 기분을 상
하게 할 것 같고, 그렇다고 가만히 듣자니 상대는 말을
끊을 생각을 하지 않고 시간만 흐른다.

　내 경우엔 그 시그널을 눈빛으로 보낸다. '어, 제가
물은 건 그런 뜻이 아닌데요.', '빨리 이야기의 본류로 돌
아오세요!', '그 얘기는 그렇게 길고 자세하게 하지 않아
도 될 것 같은데…' 같은 눈빛의 언어. 아주 둔한 사람
이 아니라면 상대는 머지않아 그 언어를 알아차린다.

　"제가 너무 엉뚱한 얘기를 많이 했나 봐요."

　적당히 말을 줄이거나 멋쩍은 미소를 짓는다.

　나는 오늘, 지금 이 순간 어떤 눈빛을 하고 있나. 오
늘 내 눈빛의 언어는 상대에게 무엇을 전달하고 있나. 돌
아볼 일이다.

나 이 듦 의 태 도

'나이 마흔이 됐다.'

이 문장을 말할 수 있기까지 오래 걸렸다.

서른 살이 될 땐 '머물러 있는 청춘인 줄 알았는데, 비어가는 내 가슴속엔 더 아무것도 찾을 수 없네'(〈서른 즈음에〉)라며 가수 김광석이 위로해줬고, '서른, 잔치는 끝났다'고 멋진 최영미 시인 언니까지 현실을 직시하도록 조언해줬는데. 마흔은 외로웠다.

입 밖으로 '마흔'이라는 내 나이 이름을 내뱉으면, 진짜 '마흔'에 갇혀버리기라도 할 것만 같아서 두려웠다. 마흔은 서른과는 달리, 어떤 경계를 넘는 느낌이었다. 더 이상 어리광도, 시행착오도, 게으름도 허용되지 않을 것 같은 나이.

내가 이룬 게 도대체 뭔가. 마흔의 문 앞에 선 나는 이 생각에 사로잡혔다. 십수 년간 기자라는 한 우물을 팠는데, 그 우물을 파서 나온 건 무엇인가. 그간 쓴 기사가 몇 건인데, 세상을 얼마나 바꿨는가. '기자 김지은'으로 내가 남긴 게 있기는 한가.

그러니 조급했다. 40대는 쏜살같이 지나갈 것만 같았다. 지금까지 해둔 것도 없는데 벌써 40대라니 억울하기도 했다. 어릴 땐 '내게도 과연 30대가 올까' 아득했는데 40대가 목전이라니.

그 무렵 기자로서 나는 격랑에 휘말렸다. 박근혜 정부의 국정농단 사태가 터진 것이다. 나는 당시 여당인 새누리당 반장(출입팀장)이었다.

박근혜라는 정치인은 나와 특수 관계(처럼 여겨진)다. 들락날락 정치부에 9년이나 있는 동안 그는 늘 정치의 한복판에 있었다. 나는 그가 '천막당사'로 무너져가는 당을 재건했다는 2005년 처음 한나라당을 출입했다. 그는 그 당의 대표이자 잠재적 대선 주자였다. 역사상 가장 치열한 정치 내전으로 불리는 2007년 한나라당 대선후보 경선 때는 박근혜 후보 캠프에 출입했다. 정치부 두 번째 발령이었다. 그가 대통령에 당선돼 임기 후반부를 시작할 땐 여당 반장으로 세 번째 정치부 생활을 시작했다.

그런데 몰랐다. 그가 최서원(개명 전 최순실)이라는 사인에게 농락당했고, 국정까지 휘둘렸을 줄은. 나는 심지어 최서원이라는 인물의 존재 자체도 알지 못했다. 측근이라는 참모 대부분도 그랬으니 나라고 별 수 있나 싶은 게 합리적인 생각인데, 나는 기자인 내가 몰랐다는 사실 때문에 부끄러웠다. 박근혜라는 정치인의 본질이나 실체에 한 발 더 다가가는 기사를 쓰기는커녕 모래성 같은 허상의 정치인을 만드는 데 기여라도 한 것은 아닐까, 괴로웠다.

그때다. '기레기'라는 멸칭이 삽시간에 퍼진 것은. 쓰는 기사마다 댓글이 달렸다. 나뿐만이 아니었다. 심지어 '기레기 순위'를 매기고 얼굴까지 공개하는 사이트도 생겼다. 기사의 내용이나 팩트 따위는 중요하지 않았다. 그냥 기자를 욕할 소재가 필요한 거였다. 기사만 쓰면 과거 기자들이 오보를 냈거나 미진하게 질문한 기자회견 장면 같은 사례가 동원돼 댓글에 달렸다. 그저 '기레기' 세 글자만 남기는 댓글도 많았다. 그들에게 기자는 개인이 아니라 집단, 똑같은 집단이었다. 그렇게 싸잡혀 1년여 욕을 먹고 보니 허무해졌다.

영화를 봐도 기자들은 대개 악의 축과 손잡고 어두운 거래를 중개하는 브로커, 부르는 대로 써주는 타이피스트, 맥락 없이 "한마디만 해주세요!"라며 쫓아다니는 앵무새로 그려진다. 말하자면 악인이거나 바보이거나 둘 중 하나. 남들은 그러려니 지나갈 장면에도 나는 '기자를 저렇게 그리니 신뢰가 떨어지고 기레기라고 더 비난하는 거지' 싶어 명예훼손 소송이라도 하고 싶은 심정이었다. 범죄를 다룬 영화일수록 기자가 약방의 감초처럼 꼭 등장하니 볼 때마다 화가 나면서도 슬그머니 이런 생각도 들었다. 작가나 감독이 현실에서 정말 그런 기자들을 많이 접한 건 아닐까.

개인적인 일도 겹쳤다. 회사 인사와 관련해서다. 2017년 대선을 치른 뒤 그해 말, 정치부를 좋지 않은 마음으로 나가게 됐다. 그래도 신은 다른 문을 열어주셨다. 한번쯤 가보고 싶었던 디지털콘텐츠국(현재는 통합 뉴스룸으로 개편)으로 인사가 난 거다.

지면에 쓰는 기사는 제약이 많다. 다른 기사와의 조화, 글자 수, 자기가 맡은 영역 같은 한계 때문이다. 디지털 콘텐츠는 그렇지 않으므로 자유로이 써보고 싶었다. 당시 부장은 부원들에게 디지털 콘텐츠로 연재하고 싶은 아이템을 내보라고 제안했다.

그때 떠오른 게 인터뷰 시리즈였다, 삶의 길을 묻는 인터뷰. 아마도 내가 방황하고 있기 때문이었을 거다. 다시 태어나도 기자를 할 거라고 장담했던 내가, '과연 기자를 계속 하는 게 맞을까'라는 대질문에 맞닥뜨렸으니까.

아무리 혼자 자문하고 골머리를 앓아본들 답을 알 수는 없었다. 그런데 물을 수는 있었다. 기자가 하는 일은 결국, 대신 물어 확인하고 진실에 가까운 팩트 조각을 최대한 찾아 알기 쉽게 전달하는 것.

'그렇다면 이 질문의 답, 인생을 어떻게 살 것이냐는 진리에 한 발짝 더 다가갈 수 있는 팩트의 조각들을 진짜 삶의 이야기에서 찾아보자.'

이게 내 생각이었다. 게다가 인터뷰는 내가 사랑하는 장르. 작고한 화가 김점선 선생의 인터뷰집 《김점선 스타일》을 보면서 꿈꿨다.

'나도 언젠가는 이런 인터뷰집을 내고 싶어.'

그 책을 읽으며 새삼 느꼈다. 사람은 사람의 이야기에 가장 흥미를 느끼고 감동한다는 걸. 인터뷰는 한 사람의 인생(인터뷰어)이 다른 사람의 인생(인터뷰이)과 만나며 직조되는 예술이다. 오가는 문답에 두 사람이 살아온 시간이 녹아 있기 때문이다. 그것이 인터뷰의 재미고 밀도다.

"누군가의 삶에 귀를 대는 인터뷰다. 삶의 길, 삶의 도를 묻는다. 누구나 삶에는 단계가 있다. 1도, 2도를 거쳐 가장 조화로운 3도 화음의 삶을 꿈꾸며 저어간다. 그러나 뜻대로 되지 않는 것이 삶. 그래서 더 가치가 있는 걸까. '삶도' 인터뷰는 제멋대로인 그 삶을 묻고 들어보기로 한다. 어쩌면 당신의 삶도?"

그때 쓴 '김지은의 삶도 인터뷰' 코너 설명이다. 삶의 길을 잃었다고 생각했을 때 시작한 인터뷰. 누구나 살다 보면 맞닥뜨리는 순간, 그때에 꺼내보고 싶은 인터뷰. 그런 인터뷰를 쓰고 싶어 시작한 코너다. 그 코너가 시즌 2(실패연대기)로 거듭나며 6년째 이어져올 줄은 몰랐다.

생각해보니 인터뷰 시리즈를 나는 나이 마흔이 갓 넘어 시작했다. 마흔 살에 길을 잃었다가, 길을 찾으려고 시작한 코너가 기자로서 내 인생의 2막을 여는 서막이 됐다. 종종 생각한다. 30대였다면 결코 하지 못했을 거라고. 마흔 살이 되어 마흔만큼의 좌절과 실패, 눈물과 후회가 쌓였기에 다른 인생을 받아들일 수 있게 됐다고. 마흔만큼의 품이 됐기에 가능한 인터뷰라고.

이제는 마흔을 훌쩍 넘었지만, 마흔의 시간은 날이 갈수록 영글고, 마흔의 깨달음은 해가 갈수록 깊어짐을 느낀다. 비로소 내 나이가 좋다고, 지금 내가 할 수 있는 걸 할 수 있는 나이라서 행복하다고, 마흔의 강을 건너는 중인 내가 말한다.

사람에게서, 나는 배웠다

휴직 기간 일주일에 한 번씩 엄마를 만나 인터뷰했다. 자연스럽게 내 이야기도 자주 나왔다. 그중 충격적인 한마디가 있다.

"너는 글쎄, 책을 그다지 많이 읽지는 않았는데 글은 참 잘 썼어."

엄마의 그 말 속엔 그건 좀 이상한 일이며, 어딘가 앞뒤가 맞지 않는다는 어감이 실렸다. 또 '왜 나를 닮지 않았느냐'는 뜻도 느껴졌다. 엄마는 어릴 때부터 보이는 책은 뭐든지 삼키듯 읽어 치우는 유명한 책벌레였다. 친척 집에 놀러 가면 그 집에 있는 책들을 다 읽느라 할머니가 "이제 가자!"고 해도, "잠깐만~, 잠깐만~." 하며 책에서 눈을 떼지 못해 급기야 그 집에서 엄마 손에 책을 쥐어줬다고 한다. 어린아이가 읽다 읽다 일본 연애소설까지 다 섭렵했다니, 말 다했다.

나도 책을 좋아했지만, 그 정도는 아니었다. 그러나 나도 이야기를 좋아했다. 다른 게 있다면, 사람이 하는 이야기. 소설은 한 번 읽어선 아무리 좋아하는 문장이라도 외우기 쉽지 않은데, 사람이 하는 말은 그렇지 않았다. 그 대목을 말할 때 그 사람의 표정, 숨소리까지도 기억한다.

때론 어떤 사람의 한마디가 평생에 걸쳐 내게 영향을 미치기도 한다. 고등학교 때 유일하게 입시 학원을 다닌 적이 있다. 당시 유행하던 소수 정예 학원이었다. 학생 수가 고작해야 한 자릿수고 매일 학교 수업이 끝난 뒤 다녔으니 학원 선생님이 학교 선생님보다 더 가깝게 느껴지던 시절이었다.

영어 선생님은 특히 학생들에게 다정했다. 목소리를 높이지도, 나무라지도 않았지만 학생들에게 열과 성을 다한다는 게 온몸으로 느껴져 수업에 집중할 수밖에 없었다. 어느 날 선생님이 예문을 설명하다 이런 말을 했다.

"흔히 어른들이 '공부해서 남 주냐'고 하는데, 나는 생각이 달라요. 공부는 남 주려고 하는 거예요. 지금 여러분들 부모님이 내주시는 학원비로 이렇게 편하게 와서 학원 강의까지 들을 수 있는 건 그런 환경에서 태어난 덕분이에요. 모두가 이런 게 아니에요. 그럼 이렇게 잘 배우고 나중에 좋은 직장 얻어 나만 잘 살면 될까요. 나눠야죠. 나는 운이 좋아 유복하게 컸지만, 그렇지 못한 사람들을 위해서. 그래서 공동체인 거예요."

'공부해서 남 주자.'

내 마음에 느낌표가 찍혔다. 대학에 가는 것 말고는 지향이 없던 내 공부의 여정에 등대를 만난 기분이었다. 나는 적어도 초등학교에 들어가고부턴 '바른 생활'이었다. 쓸데없는 일로 부모님을 걱정시키고 싶지 않았다. 지름길로도 가보고, 돌아도 가보고, 놀다가도 가는 동생과는 달라야 한다고 본능적으로 느낀 것인지는 몰라도. 지금 생각해보면 그렇게 'K-장녀'의 후천적 DNA가 싹튼 것일까.

공부 역시 해야 하니까 했지, 왜 하는지 진지하게 고민해본 적이 없었다. 이 공부의 끝에 무엇이 있을지도 깊이 생각하지 않았다. 그런데 그 학원 선생님의 한마디는 내게 '왜 공부해야 하는지'를 생각해보게 하는 질문이었다. 나만 잘 살자고 하는 공부는 얼마나 편협하고 곤궁한가 말이다. 내가 타고난 환경은 내 노력의 결과가 아니며, 그저 감사하는 데 그치는 게 아니라 더 능동적으로 현실을 바꾸는 데 기여해야 한다고 그때 처음 생각했다.

내 손으로 돈을 벌기 시작하면, 소득의 일부를 나누는 일부터 해보자고 마음먹은 것도 그때다.

내 좁았던 시야는 나뿐만 아니라 다른 사람, 강자뿐 아니라 약자, 가진 자뿐 아니라 못 가진 자에게로 넓어졌다. 기자가 된 것도 어쩌면 그 연장선인지도 모르겠다.

평생에 걸쳐 나를 위로하는 한마디도 있다. 고교 시절 수능을 앞두고 마지막 수업 때 한국사 선생님이 해준 말이다. 수업 끄트머리에 선생님은 칠판에 이렇게 썼다.

'신은 한쪽 문을 닫아놓을 땐, 반드시 다른 한쪽 문은 열어놓는다.'

그리곤 이렇게 덧붙였다.

"인생에서 절대적인 건 없어요. 상황이 그렇게 만들 뿐이지. 한 발짝 떨어져서 바라보는 훈련을 해야 해요. 지금 수능이라는 문 앞에 서 있으니 수능이 여러분의 남은 인생을 모조리 결정할 것 같지만 결코 그렇지 않습니다."

눈물이 나올 뻔했다. 그 무렵 다른 선생님들은 "모두 시험 잘 봐라, 전날까지도 포기하지 마라, 잘될 것이다." 같은 말들을 했을 것이다. 기억도 나지 않는다. 그런데 한국사 선생님은 장밋빛 응원이나 허무한 긍정의 언어 대신 지극히 현실적인 조언을 했다. 나의 노력이 반드시 내가 생각하기에 합당한 결과로 이어지는 건 아니며, 그렇다고 인생이 끝나는 것도 아니라는 진리. 그 말이 그렇게 위로가 될 수 없었다.

수능뿐 아니라 모든 일이 그렇다. 오로지, 결코, 절대적으로! 하나의 길만 있는 것이 아니다. 지금도 나는 매일 좌절의 문 앞에 선다. 꼭 인터뷰하고 싶은 인물에게 오늘도 섭외 요청을 거절당하고, "뭐 먹고 싶으냐?"는 국장의 말에 파스타를 먹고 싶지만 "국장 드시고 싶은 걸로요."라고 말해 대구머리탕을 떠먹는다. 그래도 그 인터뷰이가 거절했기에 생각지도 못한 인물과 연이 닿아 예상치 못한 선물 같은 인터뷰를 할 수 있고, 국장이 먹고 싶은 메뉴를 따랐기에 점심 한 끼 마음이 편했다. 뭐가 더 좋을지 한낱 인간이 어떻게 알겠는가.

고3 시절의 내 앞엔 의대라는 하나의 문만 있는 줄 알았지만, 난 신이 마련해둔 다른 한쪽 문을 열었고 기자가 됐다.

두 스승에게서 삶의 푯대를 찾았듯, 기자로서 인터뷰를 하면서도 나는 사람에게서 배운다. 그래서 인터뷰를 내가 좋아하는 건지도 모르겠다. 사람이 좋아서, 세상을 사랑해서 그 호기심을 동력으로 좀 더 나은 사회를 만들고 싶어 기자가 됐는데, 그런 나도 사람이 싫어질 때가 많다. 내 안의 연료가 바닥날 때 신기하게도 인터뷰를 하고 나면 가득 충전이 된다.

　내 인터뷰는 한 사람이 살아온 인생길의 맥락을 잇고 꿰매는 과정이다. 지금까지 그의 생을 붙든 건 무엇인가, 삶의 고비를 그는 어떤 힘으로 넘어왔나. 그러니 인터뷰를 하고 나면, 내 앞의 존재 속으로 들어갔다 나온 느낌이다. 사람에 따라 그 문을 쉽게 열어주기도, 반만 열어주기도, 한동안 열어주지 않는 경우도 있다. 그러나 끝내 내가 문고리를 잡고 열어 그가 지나온 시간과 버텨온 마음속을 유영하고 나오면, 그 순간 나는 한껏 가볍고도 충만해진다. '그래, 내가 이러려고 인터뷰를 시작했지', '이런 인터뷰를 하려고 기자가 됐지', '기자 하길 참 잘했어'. 보람을 넘어선 자부심이다. 기자로서 내 자존감은 그렇게 커왔다.

　삶이란 여정을 걷는 누구에게나 자기만의 절대적인 우여곡절이 있다. 신기하게도 굽이굽이 막다른 길을 돌고 깊은 계곡을 건너온 사람일수록 미소는 빛난다. 기자라서, 인터뷰어라서 운이 좋게 보고 들은 그 아름다움을 더 많은 이들에게 전하고 싶어 나는 인터뷰를 한다. 사람이, 사람에게 줄 수 있는 가장 큰 선물은 위로와 공감이고 그 일을 인터뷰가 할 수 있다고 믿는다. 그래서 난, 오늘도 사람에게서 기꺼이 배운다.

피 사 체 를 대 하 는 태 도

좋아하는 말 중에 '뜻밖의 선물'이 있다. 꼭 물질을 말하는 건 아니다. 시간도 될 수 있다는 걸 얼마 전 알았다. 사진 작업을 하는 최근우 작가의 '스튜디오 오프비트OFF-BEAT'에서.

'왜 오프비트지? 색다른 사진을 추구한다는 건가.'

처음에 스튜디오 이름을 보고 가진 궁금증은 이랬다. 내 짐작과는 달랐다. 엇박과 정박이 교차하고, 혼재하고, 직조하는 삶의 시간에 예상치 못한 시간을 선물해 준다는 뜻, 결국 그거였다. '엇나간다'는 부정적인 의미로 대개 쓰이는 '엇박'을 긍정적으로 해석하는 사진관인 것이다.

"나의 사진을 촬영한다는 것이 쉬운 일이 아님을 잘

알고 있습니다. 제가 최대한 편안한 시간으로 만들어드리겠습니다. 가벼운 마음으로 방문해주시기 바랍니다."

예약을 한 뒤 내게 보내온 최 작가의 문자 메시지였다. 촬영 당일엔 '스튜디오 주변에 예상치 못한 도로 공사를 하고 있으니 조심히 오시라'는 문자 메시지와 함께, 공사를 하는 위치가 담긴 사진까지 받았을 땐 작가가 굉장히 마음의 결이 섬세한 사람이라는 걸 알아챘다. 도착해 주차할 때도 보조 작가가 내려와 지켜봐주고 자기를 소개했다.

'아, 여기 다정한 곳이구나.'

내 긴장감을 그들은 그렇게 스르르 녹여갔다.

흑백의 톤으로 차분하게 정리된 스튜디오. 최 작가는 나를 카메라 앞이 아닌 탁자로 안내했다. 내 앞엔 꾸러미가 놓여 있었다. 작가의 사진전 작품으로 만든 엽서집, 노트, 스튜디오 리플릿, 펜, 책갈피였다. 기념품일까. 아니다. 사진을 찍기 전, 작가와 찍히는 사람이 서로를 알아가는 시간을 이끌어주는 도구들이었다.

노트엔 기록해두면 나에게도 추억이 될 질문들이 있었다. 살면서 가장 기억에 남는 오프비트의 순간 세 가지, 그중 하나를 꼽아 나만의 문구를 만든다면 뭔지, 내 삶의 속도(비트)는 무엇인지. 처음 맞닥뜨리는 질문들이 흥미로웠다. 특히 삶의 속도를 적는 칸. 나는 모데라토(보통 빠르기)나 안단테(느리게)를 지향하지만, 현실은 알레그로(빠르게)였다. 그래도 프레스토(매우 빠르게)가 아닌 걸 다행으로 생각하며 '알레그로'라고 답했다.

내 삶의 오프비트는 세 가지 장면이 떠올랐다. 첫 장면은 바로 내 엄마를 인터뷰한 시간이었다. 기자로서, 인터뷰어로서 21년간 유명인, 무명인을 떠나 수없는 사람의 얘기를 들었으면서도 나는 정작 엄마가 살아온 시간을 제대로 들어본 적이 없었다. '엄마 인터뷰'는 내 인생 과제 중 하나였다. 지난해 휴직을 하던 때 나는 그 '엄마 인터뷰'를 유일한 미션으로 삼았다. 몇 주간 일주일에 한 번씩 본가로 내려가 네 시간씩 엄마를 인터뷰했다.

두 번째 장면은 맞절의 순간이다. 4년 전 결혼식에서다. 러닝타임이 세 시간이나 됐고, 식순과 큐시트까지 내가 짠 인생 이벤트였다. 정작 결혼식 날엔 사전에 머릿속으로 수십 번 시뮬레이션을 돌렸기에 이미 결혼식을 치른 기분 비슷했다. 그런데 그렇지 않았다. 의외의 순간은 맞절 직전이었다. 각자의 부모님과 함께 입장한 뒤 연단에 우리 둘만 남아 맞절을 하려고 마주본 순간이었다. 이 우주에 그의 두 눈동자만 있는 듯했다. 그의 눈동자가 눈물로 별이 박힌 듯 반짝인 걸로 봐 그도 나와 같은 심정인 걸 직감했다. 무엇으로도 표현하기 어려운 묘한 감정이었다.

　세 번째는 '인터뷰 콘서트'다. 인터뷰 콘서트는 내 꿈 중 하나였다. 나의 독자들 앞에서 인터뷰를 하는 것. 인터뷰이와 내가 어떻게 호흡을 주고받는지, 그 과정을 본 독자들은 어떤 느낌이었는지 직접 들어보는 것. 그 꿈이 2021년 5월 이뤄졌다. 모녀, 모자 열 쌍을 초청해 그 앞에서 배우 문소리 씨의 어머니 이향란 씨를 인터뷰했다. 이향란 씨는 나이 칠십이 넘어 '배우'라는 꿈을 이루려 '인생 2막'을 시작한 분이다. 지금은 여러 단편영화에 출연해 '신인 배우'로 드디어 데뷔했다. 그 현장의 따뜻한 공기를 잊을 수 없다.

　세 가지 얘기 모두에 작가의 눈이 반짝였다. 그는 내 얘기를 진지하게, 그리고 호기심 어린 태도로 경청했다. 처음 만난 사람에게 내 인생의 핵심 장면 세 가지를 털어놓다니, 마음이 열린다는 게 이런 건가 보다.

　그는 알고 보니 신문방송학과 사회학을 복수 전공한, 고등학교 때까지 기자가 꿈이던 사람이다.

　두 가지 이유로 기자를 포기했는데, 그 이유가 사뭇 진지했다. 고교나 대학 때 학내 매체 저널리스트, 홍보처 사진 작업 같은 다양한 활동을 하면서 기자를 간접 경험한 뒤 내린 결론이었다. 자신의 주변 사람들이 자기가 친구일 때는 편하고 솔직하게 했던 얘기도 기자로서 다가가면 딱딱하고 불편하게 느껴 잘 말하지 못하더란 것이다. 그러면서 '정작 기자로 일했을 때 내가 기대한 것과는 완전히 다를 수도 있겠구나'라고 그때 알아차렸다고 한다.

둘째 이유는 자신의 성향상 기자가 안 맞을 수도 있겠다는 것. 자신은 쉽게 말해 '남에게 많은 걸 주고 싶어 하는' 성격인데, 기자 일은 그렇지 않으니까. 이건 심지어 고등학교 때 느꼈다고 한다. 고등학생이 자기 자신을 이렇게 잘 알 수 있다니.

그런 연유로 그가 선택한 게 사진이었다. 사진은 '자신이 가진 걸 남에게 다 퍼주면서 상대도, 자신도 만족할 수 있는 일'이라고 여겨서다. 그런데 자신이 사진 작업으로 정말 해보고 싶은 건 인터뷰라고 하니 얼마나 반가운 일인가.

그런 얘기를 나누며 작가의 사진집도 봤다. 대학 4년간 학교를 다니면서 찍은 작품들을 모은 사진집. 일종의 자율 전공인 '학생 설계 전공'을 들으면서 만든 결과물이었다. 자신이 다닌 학교를 그는 '결핍과 그 덕에 열정이 넘치는 학교'로 규정했다. 입학부터 졸업까지 여러 순간을 어떻게 이렇게 잘 포착했나 싶을 정도로 다양한 찰나가 그 안에 있었다. 심지어 수업에 지각했을 때 들어간 순간의 강의실, 교정의 벤치에 내려앉은 오후 햇살 같은 것들. 학교 청소노동자, 경비노동자처럼 보이지 않는 곳에서 학교를 보살피는 이들의 모습까지도.

특히 하늘 사진이 많았다. 대학 땐 나도 하늘 보는 걸 그렇게 좋아했다. 이런 하늘은 눈에 카메라가 달려서 찍어두면 좋겠다, 나중에 이렇게 생생하게 생각이 날까 싶었던 순간들이 많았다. 그런데 그는 그런 하늘을 죄다 카메라에 담아두었다. 그것들을 보다가 내 대학 시절까지 생각 나 눈물이 나려고 했다. 촬영 전에 이러면 안 되지 싶어, 4분의 3쯤 봤을 때 '더 보면 안 되겠다'며 덮었다.

작가의 미니 사진집도 구경했다. 해외 촬영을 나갔다가 코로나19에 걸려 자가 격리하던 곳에서 맞닥뜨린 새벽의 풍경, 그 모습을 찍고 난 뒤 찾아온 치유, 그래서 '치유의 순간'으로 기억된 푸른빛을 담은 사진부터 바다와 파도에 이런 다양한 층위의 빛깔이 있다는 걸 직관적으로 보여주는 사진까지. 그는 자신이 그 장면을 찍을 때의 마음을 곁들여 설명해주었다.

그런 시간 뒤에 카메라를 사이에 두고 작가와 마주 섰다. 그때 알았다. 그럴 수 있기까지의 마음을 그는 이렇게 만드는구나. 작가와 얘기를 나누며 시나브로 친밀감이 쌓인 것이다.

내가 인터뷰를 하는 과정도 비슷하다. 대개 인터뷰이와 인터뷰어는 처음 만난다. 짧게는 1시간, 길게는 2시간 정도는 (내가 느끼기에) 겉돈다. 그러다가 확 들어가는 순간이 있다, 그의 마음속으로. 몰입의 시간이다. 그때 얘기가 나온다.

기자로 16년 동안 사람을 깊이 들여다보는 인터뷰는 하지 못했다. 어쩌다가 '삶도'라는 콘텐츠를 만들게 돼, 나도 회사도 어쩌면 실험을 한 것이다. 형식도, 길이도 자유롭고 맥락을 세세히 살리는 인터뷰 기사는 이전까지 없었다. 물론 이제는 안다, 그런 인터뷰의 의미를. 그래야만 들을 수 있는 얘기들을. '어디서도 보지 못하는 말들'을 담는 인터뷰, '마음의 서랍에 넣어두고 이따금 꺼내보고 싶은 인터뷰'를 지향하고 고집하는 이유다. 그런 '삶도'를 닮은 작가를 만나니 반갑지 않을 도리가 있을까.

촬영 이후 그는 내게 그날의 느낌을 정리할 수 있는 시간까지 주었다.

"찍히는 사람의 마음을 헤아릴 줄 아는 태도라면, 촬영은 즐겁고 편안할 것임을 직감했다. 찍히는 사람을 알아가고, 자신을 설명하는 인터뷰의 시간 역시 준비된 촬영을 거듭 확인하게 하는 시간이었다."

그날의 내 기록이다.

프로필 사진을 찍어본 건 처음이었다. 그런데 처음 같지 않으면서, 매우 처음 같았다. 낯설면서도 낯설지만은 않은 나를 발견한 시간이었다. 내 인생에 기억될 만한 '오프비트'였다. 피사체를 대하는 남다른 태도가 준 선물이다.

4

─────

일
에
서

길
어

올
린

언
어

기 자 라 는 일 이 준 태 도

───────────────

기자가 반짝 빛나는 순간이 있다. 힘겹고 부대끼고 치열한 시간의 연속에서 잠시나마 보람 같은 것이 느껴지는 시간. 그 섬광이 주는 효력으로 지금까지 기자를 하고 있는 것 아닐까 생각한 적도 있다.

그건 '단독'의 순간이다. 말하자면, 타사는 발굴하거나 취재하지 못한 내용을 나만, 우리 회사만 보도하는 일이다.

어린 연차의 기자일 땐 나 잘나서 단독을 하는 건 줄 알았다. 현장에서 발로 뛰는 기자는 명백히 나니까. 그런데 돌이켜 생각해보니 그 단독이란 건 나 혼자 한 일이 아니었다.

기자의 단독은 대개 데스크와 나누는 대화 혹은 논쟁

에서 찾게 되는 경우가 많다. 언론사의 데스크는 현장을 떠나 회사 안에서 부원들의 보고를 받고 조율해 그날의 기사 계획을 세우고, 기자들의 미진한 초고를 매만져 완성된 기사로 만드는 장인 같은 이들이다.

기자에게 기사의 시작은 발제다. 그날 어떤 기사를 쓸 수 있는지 '밑 취재'를 한 내용을 매일 아침 발제 메모로 보고한다. 연차가 낮은 기자일수록 발제 자체로 기사가 그려지는 일이 드물다. 그런 때 데스크들은 전화를 해 묻는다. '기자 장인'들의 눈에 발제의 빈 곳이 왜 안 보이겠는가. 취재가 안 돼 우물쭈물했다면 깨지기도 다반사. 데스크의 질문은 대개 이렇다.

"왜?"

"그래서 그 취재처에선 어떻게 대응했는데?"

"그로 인해 생기는 문제, 국민에게 미치는 영향은 뭐야?"

"얘기(기사)가 되겠어?!"

예전엔 그 질문들이 취재의 미진한 부분을 묻는 행위라 여겼다. 돌이켜보니, 그건 기사를 만드는 과정, 나아가 일선 기자에게 왜 이게 기사가 되는지 명분을 찾도록 하는 훈련이라는 생각이 들었다. 매일의 루틴에 묻히다 보면 어느새 기사라는 콘텐츠의 본질을 잊고 사는 경우가 많아서다. 나는 왜 기자를 하는지, 내가 쓰는 기사의 목적과 역할은 무엇인지, 내 존재의 이유는 무엇인지 말이다. 데스크들이 기사를 만들어가는 기술적인 질문을 던지는 것 같지만, 그들의 물음은 사실 그 본연의 책무를 되새김질하게 하는 행위더란 말이다.

내가 올린 발제의 미흡함을 캐묻는 데스크와 입씨름을 벌이다 보면 보완 취재를 하게 되는 건 필수 과정이다. 단독은 그때 나온다. 운이 아니다. 현장 경험이 쌓인 데스크들에겐 내가 보지 못하는 큰 그림을 보는 눈이 있으니, 어쩌면 그들은 숙련된 뇌로 현장 기자를 손발 삼아 기사를 쓰는지도. 그렇게 해서 단독이 나와 특종상을 타고 출입처에서 정책을 보완하거나 수정하는 파장이 일면, 그 공은 현장 기자에게 돌아간다. 기사는, 그 기사에 달린 '바이라인by-line'(그 기사를 취재, 작성한 기자의 이름)의 것이니. 그때 데스크는 한발 뒤로 빠져 말한다.

"잘했어."

사회정책부에서 보건복지부를 출입할 때였다. 마침 1진(팀장) 선배가 해외 연수를 떠나 내가 그 자리를 메워야 했다. 기자들은 매일 아침 그날 어떤 기사를 쓸 것인지 발제를 통해 회사에 보고한다. 출입처 혹은 자신이 속한 팀에 팀장이나 반장이 있다면, 그가 팀원들의 발제까지 종합해 대표로 보고를 올린다. 팀장의 부재로 그 기간엔 내가 팀장을 대신해 보고를 해야 했다. 그것은, 부장과 직접 소통을 해야 한다는 의미였다.

그때 하필 복지부가 쥔 이슈 중 하나가 '일반의약품 약국 외 판매'였다. 지금은 슈퍼에서 전문의약품이 아닌 일반약을 살 수 있지만, 그땐 그렇지 못했다. 소비자단체나 시민단체는 일반약을 약국 외에서도 살 수 있도록 허용하라고 요구했지만 결국 복지부가 정책 추진을 중단한다고 밝힌 날이었다. 애초 내가 올린 보고는 아마 '복지부가 정책을 중단한다고 밝혔다. 이유는 이러저러한 것 때문'이라는 건조한 내용이었을 것이다. 전화벨이 울렸다. 부장이었다.

"복지부는 원래 허용할 것처럼 했잖아? 왜 중단한다고 한 거지? 대한약사회에서 반대 의견을 줬다고? 그럼 국민 편의나 건강과 관련한 정책을 이익집단의 주장에 휘둘려 포기하는 거 아니야? 약사회가 정부에 전달한 의견은 뭐대?"

부장의 질문이 이어졌다. 복지부가 이 정책을 포기한다는 게 무슨 의미인지 나는 부장과 통화를 하고 나서야 알았다. 게다가 내가 미처 취재하지 못한 내용도 있었다. 결론적으로 부장의 물음을 실마리로 추가 취재를 한 덕분에 우리만 알아낸 팩트가 기사에 들어갔고, 나는 그날 그 유명한 '1톱(1면 톱기사) 3박(3면 박스기사)'을 처음으로 혼자 해냈다. 기자 한 명이 1면 톱기사도 쓰고 내지에 관련한 해설 기사까지 쓴다는 걸 '1톱 3박'이라고 이른다. 기자끼리는 '훈장'으로 통하는 표현. 그 '1톱 3박'은 내 발제의 미진한 구석을 파고든 부장의 질문 덕분이었다. 그 과정을 통해 팩트가 추가되고, 의미가 더해진 것이다.

나 역시 어느새 연차가 쌓여 팀장을 할 때 깨달았다. 2017년 대선에 출마했다가 레이스를 시작한 지 한 달 반 만에 돌연 그 뜻을 접은 반기문 전 유엔UN 사무총장을 단독으로 인터뷰했을 때다. 당시 반 전 총장의 '마크맨'은 우리 팀의 막내 기자였다. '견습기자' 딱지를 뗀 지 얼마 안 된, 그러니까 기자가 된 지 1년이 채 되지 않은 초년병.

당일 내가 그 후배 기자에게 준 미션은 '반기문 단독 인터뷰'였다. 후배는 어리둥절했을지도 모른다. 그런데 결국 해냈다. 여의도 국회의사당에서 불출마 선언을 한 반 전 총장이 내가 예상한 동선대로 이동한 게 다행이었다. 마포의 선거 캠프로 가 참모들에게 고마움을 표하며 인사를 나눌 것이고, 그 뒤로는 자택에 가리라 짐작했다.

반 전 총장이 자택에 들어간 시각은 늦은 저녁이었다. 물론 그의 마크맨을 맡은 여러 언론사의 기자들도 자택 앞에서 '뻗치기'(주요 취재원의 집이나 일터 앞에서 그가 나

오기를 하염없이 기다리는 취재 행위)를 할 것이 분명했다.

　나는 후배에게 '타사 기자들이 다 빠지면 연락하라'고 했다. 기자도 사람인지라 두세 시간 정도 지나면 슬슬 '이제 돌아가자'며 '신사협정'을 맺기도 하니까. 또 운이 따랐는지 진짜 그런 일이 벌어졌고, 후배는 내 지시대로 타사 기자들이 없는 지하 주차장 출입구로 이동했다. 이제 반 전 총장의 집으로 인터폰을 눌러 인터뷰하고 싶다는 뜻을 전하면 되는 일. 거기서 반 전 총장이 거절한다면 어쩔 수 없지만, 기자는 그걸 확인하는 최전선까지 가야 한다.

　잠시 뒤 후배에게 전화가 왔다.

　"선배, 반 전 총장이 올라오라고 했습니다. 지금 엘리베이터 안입니다."

　나도 흥분이 됐다. 그렇지만 내가 흥분하면 현장의 기자는 긴장할 것이다. 최대한 가라앉히고 말해줬다.

　"네가 오늘 미리 준비해둔 질문을 차분히 해."

　그러나 쉽지 않은 일. 후배는 병아리였고, 상대는 유엔 사무총장까지 지낸 거물이었다. 카카오톡이 울렸다.

　"선배, 지금 인터뷰 중인데 도와주실 수 있으십니까?"

　후배의 머릿속이 하얘진 거였다. 나는 그때부터 카톡으로 질문을 보내기 시작했다. '이런 원격 인터뷰가 가능하기도 하구나' 하면서. 후배의 재기였다.

그렇게 인터뷰를 마쳤다. 후배는 집에 들여보내 잠을 재워도, 나는 기사를 써야 한다. 인터뷰는 후배가 했지만 기사를 쓰는 건 반장인 내 몫. 게다가 후배는 다음 날 새벽 4시 반까지 다시 반 전 총장 자택 앞으로 가서 '뻗치기'를 해야 했다. 새벽에 타사 기자가 반 전 총장을 인터뷰하기라도 한다면 우리의 단독은 단독이 아닌 게 될 테니까.

기사를 완성해 데스크에 보내기 직전, 잠시 멈칫 했다.

'바이라인을 어떻게 해야 하는가.'

난 별 고민 없이 후배 이름으로 단독 바이라인을 달았다. 기사는 현장 기자의 것이니까. '기자 김지은'을 만들어준 여러 '장인 선배들'에게 배운 거였다.

기사는 큰 파장을 불러왔다. 후배는 특종상을 받았다. 6년이 지난 지금도 '정치인 반기문'으로서 속내를 내비친 인터뷰는 그것이 유일하다. 나 역시 그때 후배에게 말했다.

"잘했어. 다 네 공이야."

이런 멋진 협업이 언론사 말고 가능한 회사가 또 있을까. 인스타그램으로, 유튜브로, 페이스북으로 '나'만이 돋보여야 하는 이 시대에, 언론사는 내가 쌓은 경력으로 후배를 빛나게 할 수 있는 일터다. 혼자가 아닌 집단의 지성과 노력으로 세상을 바꿔나가는 과정의 멋을 느낄 수 있는 곳이다. 내가 선배들의 도움으로 맛본 희열의 순간으로 여기까지 왔듯, 이젠 내가 그렇게 쌓은 연륜으로 나와 같은 길을 걷는 후배들에게 손을 내밀 수 있는 공간이다. 그 깨달음 역시 쉽게, 빨리 얻어지는 게 아니라 더 멋있다.

행운을 대하는 태도

내게 행운이 날아든 사건이 있었다. 그게 손석희 전 JTBC 사장과 인연의 시작이다.

10년 전이다. 난 '아침보고'를 마치고 회의를 하러 교육부 청사에서 회사로 복귀하던 중이었다. 전화가 왔다. 바삐 움직이던 몸을 멈춰 세웠다.

"안녕하세요. 손석희라고 합니다."

'이제 이런 자동 발신 전화도 생겼나.'

전화를 끊으려는데 기계음이 아니었다. 사람이 계속 말하고 있었다. '진짜 손석희'였다. 이게 무슨 일인가.

그렇게 라디오 '손석희의 시선집중'에 합류했다. 그 때까지 난 내 인생에 '횡재'란 없다고 생각하는 사람이었는데, 그 일은 내게 찾아온 횡재였다. 얼마 전까지도 내 인생의 가장 큰 행운의 순간이라고 여겼으니까.

내가 맡은 코너는 '시선집중'의 '뉴스브리핑'. 그날 조간신문을 미리 다 읽어보고 주요한 보도를 추려 소개하는 시간이었다. 러닝타임은 12분 남짓. 전체 방송 시간 중 차지하는 비중뿐 아니라 내용 면에서도 매우 중요한 코너였다는 것을 나중에야 깨달았다.

처음 내가 '뉴스브리핑'을 대하는 태도는 그렇지 않았다. 손석희라는 인물은 내가 저널리스트로서 롤모델로 삼는 선배였다. 특히 그가 정치인 같은 권력자를 인터뷰하는 태도를 보면서 늘 감탄해왔다. 그런 언론인과 매일 나란히 앉아 일할 수 있는 기회가 주어지다니! 기뻤지만, '뉴스브리핑'을 하는 내 태도는 나태했다.

난 그때 교육팀장이었다. 신문사에서 교육부, 서울시교육청, 교육 관련 단체를 맡는 교육팀은 가장 바쁜 부서 중 하나다. 대한민국에서 교육은 누구에게나 관심사니까. 평일에도 써야 하는 스트레이트(가장 기본이 되는 보도 기사)가 매일 쏟아지는데, 연재물 같은 기획도 해야 했다. 만약 손석희 선배가 직접 나서지 않았다면, 난 끝까지 거절했을지도 모른다. 그만큼 나는 매일 해야 하는 업무에 허덕이고 있었다.

그런데 손석희라는 사람은 설득의 귀재였다. 내가

걱정하는 모든 문제를 해소했다.

"제가 지금 교육팀장이라서 매일 새벽 라디오 프로그램을 하기가 쉽지 않아요."

"기자라면 신문이야 매일 보는 것 아닌가요? 그리고 이 코너를 마쳐도 오전 7시가 안 되니까, 회사 업무에는 지장이 없을 거예요."

"제가 집이 (경기 고양시) 일산동구인데 매일 여의도까지 가기가…."

"새벽 시간에 일산에서 여의도까지 택시로 20분이면 뒤집어쓰죠. 택시비까지 고려해서 출연료를 드릴 거예요."

이런 식이었다. 나중에는 '내가 뭐라고 이렇게까지 거절의 변을 늘어놓을 일인가' 싶어 송구한 마음까지 들었다. 어쨌든 일은 저질렀고, 책임을 져야 했다.

그런데 나는 간과했다. 내가 고정 출연을 결정한 그 프로그램은 애청자가 어마어마했으며, 전체 라디오 프로그램을 통틀어 청취율 1위인 프로그램이었다. 청취자의 수준도 그만큼 높았다. 그들은 방송 때마다 내 호흡과 발성까지 댓글로 지적했다.

그러니까 난 '뉴스브리핑'의 내용뿐 아니라 발음이나 화법 같은 전달하는 방식에도 공을 들여야 했던 것이다. 그런데 나는 그렇게 하지 못했다. 전날에 미리 '뉴스브리핑' 주요 꼭지의 틀을 잡는 것도 힘겨웠다.

매일의 흐름은 이랬다. 새벽 4시에 눈을 떠 부랴부랴 준비한 뒤 새벽 4시 30분에서 5시 사이 여의도 MBC에 도착해 원고를 마무리하고 작가에게 넘긴 뒤 충분히 원고를 숙지하는 연습 시간을 갖는다. 그리고 생방송에 투입.

그런데 그렇게만 해선 실력이 늘지를 않았다. 결국 평소에 방송을 준비하는 훈련을 해야 했다. 코너를 맡은 지 얼마 안 된 어느 날, 방송을 마친 뒤 손 선배가 말했다.

"방송은 말을 하는 거야. 말을 할 때 포즈(쉼)를 두어야 청취자는 앞선 문장을 반추하면서 이해할 수 있어. 그렇게 쉼 없이 읽듯 하면 청취자는 무슨 말인지 알아들을 수가 없다."

손 선배는 틈이 날 때마다 내게 피가 되고, 살이 되는 조언을 했다. 그런 말을 들을 때마다 쥐구멍이라도 찾고 싶었다. 그 조언을 몸에 배도록 연습을 하고 방송을 모니터링해야 했는데, 그러지 못했기 때문이다. 나의 부끄러움은 지적을 듣는 그때뿐이었다. 손 선배 같은 프로 방송인도 전날 밤까지 준비에 매진하면서 한두 시간밖에 자지 못하고 나오는 날이 허다했는데, 나는 무슨 오만이고 배짱이었던 걸까.

결과는 뻔했다. 제자리걸음. 내 코너가 끝난 뒤 광고

가 나가는 시간에 그날 방송의 미진한 점을 손 선배에게 지적당해 풀이 잔뜩 죽은 표정으로 스튜디오를 나서는 일이 여러 번이었다. 그런 뒤 출근하면 회사엔 회사의 데스크가 기다리고 있었다. 그는 내가 '시선집중'을 하는 걸 못마땅해했다. "대체 그건 언제 그만둘 거니?"라는 말을 들을 때, 억울하면서도 '괜히 라디오방송 때문에 내가 진짜 본업까지 잘못하고 있는 건가'라는 원망이 슬그머니 기어 올라왔다. 그러면서도 라디오방송은 놓지 못하고, 그렇다고 방송 실력을 늘릴 생각도 하지 않았다. 전날 회식이라도 한 날이면, 겨우 일어나 방송사로 기어 나가 해치우듯 방송을 하기도 했다. 참 한심한 시절이다.

그러던 어느 날, '시선집중'의 스튜디오 분위기가 이상했다. 그날 오후에 기사를 보고서야 알았다. 손 선배가 13년이나 몸담은 '시선집중'을 떠나 JTBC의 보도 부문 사장으로 간다는 기사였다. 충격을 받았다. 이제 겨우 5개월쯤 함께했는데. 난 그 5개월을 대체 어떻게 보낸 건가. 나를 믿고 써준 손 선배에게 미안했다. 그간 보여준 게 너무 없어 부끄러웠다.

가끔 생각하곤 한다. 내가 '뉴스브리핑'을 사력을 다해 했다면, 그래서 그 시간을 온전히 내 것으로 만들었다면, 나는 뭐가 달라졌을까.

되새김질하며 새삼 깨달았다. 나는 행운을 맞을 준비가 되지 않았었다는 걸, 그 행운을 진짜 행운으로 만드는 건 결국 태도라는 걸, 일에 '부업' 같은 건 없다는 걸 말이다. 내 이름을 걸고 하는 그 모든 일은 '전업'이었다.

손 선배가 '시선집중'을 떠난 뒤에도 나는 한동안 그 코너를 맡았다. 당시 MBC는 임시 진행자들을 방송에 투입했다. 손 선배가 대단한 진행자이자 저널리스트임을 그때 새삼 절감했다. 누구도 손 선배만큼 자신을 던지지 않았다. 나는 소중한 걸 놓친 거였다. 이후 정권의 풍파가 '시선집중'에 정면으로 들이닥쳤고 '뉴스브리핑' 코너도 없어졌다.

지금 나는 내 이름을 걸고 하는 그 어떤 일도 허투루하지 않는다. 인터뷰든, 강연이든, 취재원과의 만남이든 준비 없이 나서는 일 따윈 하지 않는다. 행운을 소중히 다루지 않은 과거의 내 태도가 준 가르침이라면 가르침이다.

왕년의 태도

'내가 왕년往年에 말이야~'로 시작하는 일화를 기자도 참 많이 듣는다. '왕년'이란 본디 '지나간 해'를 뜻하는데, 그 뒤에 오는 얘기는 그 뜻만큼 중립적이지는 않다. 보통 사람들은 자신이 가장 빛났던 과거를 말하는 데 이 단어를 붙이기 마련이다.

    기자가 되기 전, 나도 선배들의 왕년을 들으며 꿈을 키웠다. 대학에 다닐 때 우리 과는 현역 기자나 PD에게 의뢰해 맡기는 강의가 더러 있었다. 나중에 한 회사에서 만나게 된 대선배 이준희 전 한국일보 사장도 첫 인연은 나의 스승이었다. 선배는 편집국장, 주필, 사장까지 기자로서 언론사에서 맡을 수 있는 중역을 두루 거친 분이다. 선배는 그래도 사석에선 '캡' 혹은 '시경캡'으로 불리는 사건팀장을 하던 시절의 얘기를 가장 많이 하시곤 했다.

기자가 되면 견습 혹은 수습기자들은 가장 처음 사건팀에 배정된다. 사건팀 기자의 책무는 서울을 6개 관할(라인)로 나누어 각 관할의 경찰서들을 돌며 사건을 발굴하고 취재하는 것이다. 경찰서는 '사회의 하수구' 같은 곳. 매일 이 도시에서 일어나는 크고 작은 사건과 사고가 경찰서 당직 사건기록부(현재는 전산시스템으로 바뀌어 기자들이 직접 볼 수 없다.)에 모인다. 당직 사건기록부에 적힌 간단한 육하원칙만으로 더 파볼 가치가 있는 사건인지 파악하고, 때로는 형사들에게 추가 팩트를 묻고 얻어 내면서 취재의 기본기를 닦는다. 20대의 젊은 기자들은 포장과 치장을 걷어낸 세상과 사람의 민낯을 경찰서에서 배운다. 말하자면 사건팀은 기자로서 기본 자질을 훈련받는 사관학교 같은 곳이다. 캡은 그러니 사회부 사건 기사를 총괄하면서도 그 새내기 기자들을 교육하는 역할까지 하는 사회부의 중추다. 평기자가 가장 처음 달 수 있는 '팀장'의 위치이기도 하다.

선배는 우리 회사뿐 아니라 언론계에서 '동양 최대의 캡'으로 통했다. 사회부 기자로서 굵직한 사건의 특종을 여럿 했다. 선배의 호방한 성품을 빗댄 표현이기도 하다. 선배는 그 시절의 사건 기자는 형사나 마찬가지였다고 했다. 경찰과 함께 범인을 쫓고 미제 사건을 파고들어 어느 땐 '형사과장'처럼 사건을 지휘하기도 했노라고.

선배가 20년이 지나서도 잊지 못하는 사건은 '이춘재 연쇄 살인 사건(화성 연쇄 살인 사건)'이었다. 사건이 벌어진 지역의 지도까지 아직 머릿속에 간직하고 당시 경찰이 어떻게 범주를 좁혀가며 탐문수사를 했는지도 세세히 기억하고 있었다. 그 장기 미제 사건도 4년 전, 진범이 밝혀졌으니 감회가 남다르셨을 테다.

선배는 강의실에서 종종 우스갯말로 '기자 지망생'들의 마음을 더 부풀게 했다.

"'기자'하면 왜 '버버리'로 통칭되는 트렌치코트가 상징처럼 거론되는지 아세요? 실제 사건 기자들이 자주 입고 다녔거든. 트렌치코트는 품이 넓고 주머니도 크잖아요. 각종 '연장'을 갖고 다니기 좋은 거예요. 취재하다 보면, 돌발 상황이 많이 발생하거든. 갑자기 문을 따고 들어가야 될 수도 있고. 하하."

농반진반의 말이었다. 과거와 달리 요즘 그랬다간 '무단침입죄'로 가차 없이 처벌받는다. 그래도 그런 일화들을 들으며 선배 언론인들이 지닌 기자로서의 소명을 배웠다. '내가 기자가 된다면, 나는 어떻게 취재를 할까. 실제 그런 미제 사건이 내 담당으로 떨어진다면?' 같은 상상을 하면서.

실제 기자가 되고 난 뒤 만난 선배들도 술자리에서 자신의 '역작'에 담긴 후일담을 늘어놓곤 했다. 어떤 선배는 대단한 특종을 두고도 '그땐 그런 게 일상이었지'라는 투로 별스런 일이 아니라는 듯 얘기하기도 했고, 또 다른 선배는 스스로 생각해도 대견하고 기특하다는 듯 말하기도 했다. 그런 '왕년'이 있어 선배들의 현재가 있는 거였다. 선배들이 왕년을 말하는 태도를 보면서 분명히 지나간 시간인데도, 지금도 닿길 바라는 꿈처럼 느껴지기도 했다. '현장'을 떠난 기자가 갖는 아련함일 것이다. 기자끼리가 아니라면 나눌 수 없는 그 대화가 싫지 않았다. 다른 직군의 사람들 앞에서 만약 그런 태도로 그런 과거를 말한다면, 다들 속으로 '뭐야, 그래서 그게 어쨌다는 거야'라고 수군거릴지도 모른다.

내가 선배가 되고 보니 나도 다르지 않았다.

"내가 그때 ○○○ 단독을 했잖아, 그게 어떻게 된 거냐면…."

"바이스가 되자마자 내가 특종상을 두 개 연달아 받았잖아."

어느새 선배들처럼 '왕년에 내가 말이야'를 읊고 있는 나를 자각하곤 '피식' 웃음이 난 적이 있다.

그 '왕년'의 관성이 깨진 건 또 다른 대선배 덕분이다. 이충재 전 편집국장이다. 회사를 떠나기 전 선배의 마지막 직함은 주필이었다. 주필은 신문사의 논설위원실에서 나가는 모든 사설과 칼럼을 책임지는 자리다. 그 언론사의 기자 중 가장 필력을 인정받은 기자이기도 하다. 선배가 주필일 때 나는 '소녀등과'를 해 말석 위원으로 논설위원실에 함께 근무했다. 선배는 우리 회사에서 가장 일찍 출근하기로 유명했다. 출근 시간이 새벽 5시 30분이라는 사람도 있었고, 새벽 5시라는 사람도 있었다.

인터뷰 연재 마감이 도래하면 나도 새벽 6시쯤 출근을 하곤 했다. 논설실로 인사가 난 지 며칠 안 된 날도 그랬다. 논설실에 들어서자 안쪽에서 외치는 소리가 났다.

"누구요?"

선배였다. 서로 놀랐다.

"일찍 출근하셨네요."

"나야 늘 이 시간이면 회사지. 근데 왜 이렇게 일찍 나왔어?"

그로부터 내가 새벽에 출근하는 날이면, 슬그머니 내 자리로 오셔서 아는 체를 했다.

"이번엔 누구를 인터뷰했어?"

"보통 공이 들어가는 기사가 아니라는 걸 잘 알아."

"논설실 업무에 인터뷰 연재까지 하려면 많이 힘들지? 그래도 잘 버텨서 해나가. 그게 다 자기 것이 되는 거야."

선배의 낙은 점심 식사에 반주로 소주 두어 잔을 곁들이는 거였다. 그런 때 종종 옛날 얘기를 했다. 그런데 선배의 '왕년'은 가장 빛났던 날이 아니었다.

"내가 이 회사를 다니면서 가장 힘들었던 때가 그때거든. 그래도 버티면서 내 할 일을 했지. 누구한테나 그런 시기가 와. 그런 때는 그저 내가 할 수 있는 일을 찾아서 그것에 집중하는 거지. 그러다 보면 또 지나가져. 기자를 하다 보면 그런 때도 있는 거야."

'선배 같은 기자에게도 그런 난관이 있었다니, 그런 강추위에도, 태풍에도 버티고 지금까지 묵묵히 걸어오신 거였다니' 싶었다. 선배의 그 '왕년'이 위력을 발휘한 때는 내게도 그런 고비가 찾아왔을 때였다. 이상하게 선배의 그 한마디가 마음속에 큰 위로가 됐다. 나는 주문처럼 외웠다.

'내가 할 수 있는 일, 내가 할 수 있는 일… 내가 할 수 있는 일을 하며 버티자. 이런 시기도 있는 거야. 일은 남는다.'

왕년의 내공이란 결국 내가 가장 이름을 날렸던 시절과 저공비행을 하며 와신상담하는 시간의 조화로 만들어지는 것임을 깨달았다.

내게 왕년의 남다른 태도를 알려준 선배는 만 35년 회사 생활에 종지부를 찍고 새로운 도전을 하고 계신다. 선배의 본질은 역시나 '글장이'. 기자란 두 글자 말고는 달리 표현할 길이 없는 선배가 있어 참 감사한 일이다.

선배가 회사에 적을 두고 발행한 마지막 뉴스레터의 여는 문장은 몽테뉴의 〈수상록〉 속 한 구절이었다.

'인생의 가치는 삶의 길이에 있지 않고, 그 삶을 무엇으로 채웠느냐에 있다. 하지만 아무리 오래 살아도 인생에서 그 가치를 찾지 못할 수도 있다. 우리가 인생에서 가치를 발견하느냐 못하느냐는 몇 년을 살았다는 데 있지 않고, 그것을 얻기 위해 얼마나 애썼느냐에 달려 있다.'

선배가 살아온 인생을 축약한 말 같아 오래 마음에 남았다.

정 치 부 라 는 세 계

"그 회사 기자는 머리에 뿔이 달린 줄 알았어요."

내가 들었던 말이다. 그것도 두어 번쯤. 내가 아닌 내가 속한 회사 때문에 억울한 선입견의 피해를 입은 것이다. 그런 경험은 태어나서 처음이었다. 내 행동이나 생김새, 성별, 하다못해 출신 지역 때문도 아니었다. 그저 내가 속한 조직 탓이었다. 내가 다닌 첫 언론사는 진보 대안 매체의 효시로 일컬어지는 곳이었다.

나는 그 언론사의 공채 1기다. '왜 그곳을 택했는가'라고 묻는다면 질문이 잘못됐다. 회사가 나를 택했다. 대학 졸업을 전후해 쳤던 모든 신문·방송사 시험에서 낙방했고 유일하게 붙은 곳이 그곳이었다. 그 시절 나는 하루빨리 기자로서 현장을 누비고 싶은 열정으로 가득한 청춘이었다. 아니 정수리께로 스멀스멀 그 열정이 삐져나오는 게 눈 밝은 누군가에겐 보였을지도 모른다.

어느 매체에서든 독보적일 자신도 있었다. 매체는 중요하지 않다는 자만심이었는지도. 게다가 감사했다. 사람 볼 줄 모르는 눈 어두운 매체들이 나를 떨어뜨릴 때에 나를 알아봐준 곳 아닌가.

창간 2년을 맞은 성장하는 언론사였기에 내 주위에선 입사를 두고 찬반이 공존했다. 엄밀히 말하면 반대가 더 많았다. 조금 더 참고 시험을 준비해 안정적인 '레거시 미디어legacy media'에서 시작하는 것이 낫지 않느냐는 의견이었다. 결국 결정은 나의 몫. 그 시절의 나는 '어디서든 빛날 자신이 있어. 내 자리는 내가 만든다'고 믿었다.

그 회사는 진보 언론의 상징이었다. 2002년 대선 정국에선 '노무현 돌풍'을 집중 보도하면서 노무현이란 정치인과 함께 폭발적으로 성장했다. 나는 회사가 성장세를 탄 그해의 딱 한 가운데, 5월 말에 입사했다.

기자가 된 지 2년 만에 간 여의도라는 곳은 이전에 내가 경험한 세계와는 딴판이었다. 그전까지 나는 사회부 기자였다. 주된 출입처나 취재처는 아스팔트 아니면 경찰서. 그러니까 사회부는 선과 악이 분명한 곳이다. 사회부 기자로서 쓰는 기사들은 대개 나쁜 놈이 왜 나쁜지를 취재하고 확인해서 쓰면 된다. 경찰 수사에서 확인된 혐의나, 정부 부처에서 추진하는 정책 같은 것들이 기사의 재료가 되므로, 팩트도 명확하다. 취재에 기본이 되는 자료도 수사 종료와 함께 배포되는 보고서나 보도자료, 정책 발표 자료 같은 문서인 경우가 많다. 물론 그전에 정보를 쥔 핵심 관계자를 따로 취재해 혼자만 단독 보도를 하는 일도 있지만. 예를 들어, 발표만 하지 않았을 뿐 수사로 전모가 드러난 사건의 결과를 먼저 알아내 관련자의 반응까지 취재해서 기사로 쓰는 경우 말이다. 탐사보도도 사회부 기자가 역량을 제대로 펼 수 있는 기사다. 그러니까 사회부는 대개 사회의 곪아 터진 부분을 발굴하고 원인이 무엇인지 파헤치고 대안을 제시하는 기사를 쓴다.

그런데 정치부는 기사의 문법도, 취재 기법도 사회부와는 완전히 달랐다. 정치부는 선과 악의 경계가 모호하고, 서류 속 팩트가 아니라 말을 가지고 주로 기사를 쓴다. 정치 기사의 해설을 보고 있노라면, 그래서 이 얘기가 맞는다는 건지, 저 얘기가 맞는다는 건지 모호하게 느껴지는 경우도 있다. 정치 기사에 가장 많이 나오는 표현 중 하나가 그래서 '~할 가능성을 배제할 수 없다', '~라는 해석도 나온다' 같은 것들이다. 딱 부러지게 뭐가 맞는다고 단정할 수도 없거니와 그보다는 정치판이 어떻게 돌아가는지 흐름을 전달하는 게 주요 역할 중 하나이기 때문이다. 정치란 사람이 하는 일이고, 어제의 적이 오늘의 동지가 되기도 하는 곳이니까. 그래서 정치인들은 이 말을 입에 달고 산다.

'정치는 생물이다.'

같은 말이라도 주요 정치인의 입에서 나오면 기사로서 가치가 생겼다. 정치부 기자는 그가 왜 그런 주장을 했는지 맥락까지 해설해 쓸 수 있어야 한다. 그렇다면 그 정치인의 생각을 읽고 있어야 한다. 평소 가깝게 교류하지 않으면 알 수 없다. 그의 생각을 알 수 없다면 보좌진 같은 측근들이라도 사귀어 놓아야 한다. 그들은 정치인의 생각을 '대신 읽어줄' 사람들이다. 그러니 정치부는 그야말로 '사람이 재산이며 전부'인 곳이었다. 내 입맛에 맞는 사람과만 친분을 쌓았다가는 제대로 기자 노릇을 할 수 없는 곳.

내 전략은 '나는 기자다'였다. 당신들이 어림짐작하듯 나는 특정 진영의 편도, 어느 매체들처럼 팩트를 일부러 누락해 왜곡을 하는 '플레이어'도, '나는 기자입네' 하나로 '갑질'이나 하는 허세꾼도 아니라는 거였다. 정치부도 사람 사는 곳. 그들이 피하고 싶어 하고 싫어하는 기자의 유형도 다를 바 없을 거라고 생각했다. 거기다 내가 소속된 회사 때문에 내게 선입견이라도 갖고 있다면, 나는 그걸 철저히 부수는 데서 시작해야 했다. 기자로서 기본을 지키면 됐다.

나는 진영이 아닌 팩트의 편이며, 비판 기사를 쓸 때엔 상대가 '악' 소리마저 내지 못하도록 확인에 확인을 거듭해 수긍하도록 쓴다는 걸 기사로 보였다. 그렇다고 거만하지도 않았다.

느렸지만, 나는 서서히 내 출입처였던 보수 정당을 파고들어 가고 있었다. 당시 주요 당직을 맡고 있던 중진 K 의원은 당 회의 비공개 시간에 내가 다니던 회사를 거론하며 '인터뷰 금지령'까지 내렸지만, 훗날 그는 나와 인터뷰를 했다. 기자들이 단독 자료를 얻어내느라 의원들의 방이 있는 의원회관에 상주하는 국정감사 시즌에는 친한 보좌관이 "이 자료는 성격상 A 매체에 줘야 할 것 같으니 이해해. 그래도 회사에 보고해두면 입장이 그렇게 곤란하진 않을 테니 미리 말해주는 거야."라고 슬쩍 언질을 주기도 했다.

오래 정치부 기자를 했다가 '정치판'에 들어간 정치인이 이런 말을 한 적이 있다. 사석에서 그는 한탄했다.

"나도 나름 구력이 쌓인 기자였기 때문에 내막의 70%는 알고 기사를 쓴다고 생각했는데, 이 판에 들어와 보니 아니더라. 20%는커녕 5%도 모르고 기사를 쓴 거였어."

팩트 앞에, 사람 앞에 얼마나 겸손해야 하는가. 그 말을 듣고 새삼 깨달았다. 출입처에 익숙해질수록 기자들은 웃자라기 쉬운 사람들이다. 어느 출입처든 대개 기자들한테는 잘하니까. 상대의 태도만 보고 자신의 수준을 판단해선 안 된다. 그 순간 '나는 다 안다'는 착각이 기자로서 지녀야 할 기본의 태도에 균열을 일으킨다. 차라리 어리숙한 겸손의 태도가 상대의 마음을 열기가 쉽다.

정치부를 떠난 지 5년이 넘은 지금도 일부 정치인이나 보좌진과는 연락을 주고받는다. 오랜만에 만나도 어제 만난 듯 반갑다. 이것도 전우애라면 전우애 아닐까. 서로 처지가 달랐을 뿐 생활의 전선에서 경계를 지키며 쌓아온 교분 덕분이라는 생각이 들어서다. 일뿐만이 아니라 삶의 태도를 나눈 사이가 준 묵직한 열매다.

직업인으로서 소명의 태도

"약을 먹다 보면 항체가 없어지기도 하는데, 그런 비율은 절반 정도밖에 안 돼요. 그중에 절반은 재발하고요."

의사는 무미건조하게 말했다. 마치 머릿속에 외워 넣은 교과서의 한 구절을 꺼내 읊듯. 나는 1년 넘게 그레이브스병으로 통원 치료를 하는 중이었다. 두세 달에 한 번씩 검사를 해서 투약 용량을 조절해가는 방식이다. 그레이브스병은 갑상선 기능 항진증 중에서도 내 몸을 지켜야 할 항체가 갑상선을 외부 균으로 잘못 인식해 생기는 자가면역질환이다. 항체가 갑상샘을 계속 자극해 호르몬이 과다하게 분비되는 것이다. 원인은 알 수가 없다.

호전 속도가 더디자, 나는 의사에게 답답한 심정을 토로했다.

"항체 수치가 왜 이렇게 더디 좋아질까요?"

의사는 답했다.

"이러다가 어느 순간 항체가 없어지기도 해요."

나는 병의 원인이 아예 사라질 수도 있다는 의사의 말에 반색했다.

"그런데 그게 약 때문에 없어지는 건 아니에요."

그러더니 이내 앞의 말을 늘어놓은 것이다. 순간 '그렇게 호전될 가능성이 낮고, 나아도 재발 가능성이 그만큼이나 높으면 약을 먹는 게 의미가 있는 건가요?'라고 되물을 뻔했다. 그 말이 목구멍까지 차올라 입이 이미 벌어지고 말았지만, 간신히 의지로 다물었다.

어떤 경우 (특히 나 같은 성미의) 환자는 자기 질병을 파고 또 판다. 찾을 수 있는 자료나 환우들의 후기까지 씹어 먹을 듯이 읽는다. 환우들이 만든 인터넷 커뮤니티에 가입해 관련 글을 읽고, 그 질병의 권위자라는 의사가 출연한 유튜브 영상도 모조리 찾아 시청한다. 그러고는 '나는 과연 나아지고 있는 케이스인가' 고민한다. 머릿속엔 각종 의문도 쌓인다.

'이건 약 부작용인가?'

'이 정도의 호전 속도면 보통에 속하는가?'

'약을 장기간 복용해도 다른 장기에 문제는 생기지

않는가?'

그걸 해소할 기회는 두세 달에 한 번 있는 주치의 진료 시간이다.

그런데 이전 주치의의 해외 연수로 새로 만나게 된 의사는 참으로 영혼이 없었다. 내 병의 원인인 항체에 대해 질문을 하자, 내놓은 답이 저것이었다. 심지어 의사의 눈은 시종일관 모니터를 향하고 있었다.

그 다음번 진료에선 심지어 진료 전에 해두는 검사의 결과가 아직 나오지 않았다면서 '한 달 반 정도 있다가 다시 보는 건 어떠냐'고 했다. 그럼 현재의 내 갑상선 항체 수치는 알지 못한 채 지금 먹는 약의 용량대로 한 달 반을 더 먹어야 한다. 의사는 '몸에 크게 영향 줄 정도가 아니니 문제는 없을 것'이라고 했지만, 약을 과용하면 되레 갑상선 기능 저하증이 되는 사례를 더러 봤다. 안심할 수는 없었다.

무엇보다 나는 과연 석 달 만에 한 검사에서 내 몸이 얼마나 좋아졌는지, 혹여 나빠지지는 않았는지 궁금했다. 매일 그 작은 알약을 삼키며 나는 주문을 왼다.

"나아질 거야. 깨끗이 나을 거야."

약 먹는 것도 노력이다. 어떻게 해서든 나으려는 노력. 환자가 석 달간 매일 약을 챙겨 먹으면서 무슨 생각을 하는지 이 의사는 생각해본 적이 없는 게 분명했다. 그런데 그 노력의 결과를 확인할 수 없다니.

검사 결과가 나오지 않았는데 왜 진료 일정은 그대로 놔둔 것인지 의문이 일었지만, 그건 미뤄두고 의사에게 말했다.

"환자 입장에서는 이번 검사에서 수치가 얼마나 좋아졌는지도 무척 궁금해요. 그런데 한 달 반을 다시 기다려야 한다는 거군요."

병원을 나서는 길에 화가 치밀었다.

'다른 환자들도 나 같은 상처를 받을 텐데, 저 사람은 의사를 그저 직업으로 생각하는 걸까? 왜 의사가 된 걸까? 의사가 그저 의학서적 속 정보를 읊고 그대로 진단하고 처방하면 되는 일이라고 생각하는 걸까? 의사란 대체 어떤 소명 의식을 가진 사람이라고 생각하는 것일까? 자신의 앞에 앉는 모든 사람들은 질환으로 고통받고 있거나, 그 직전에서 걱정과 두려움을 안고 온 거라는 걸 짐작조차 못하는 것일까? 자신의 말 한마디가 환자에게 희망도, 절망도 줄 수 있다는 걸 모르는 걸까?'

이런 상념들에 머리가 어지러웠다.

원래의 내 주치의가 생각났다. 통상 환자들의 호전 속도보다 느린 편에 속한다는 설명을 듣고 내 눈빛과 목소리엔 아마 불안감이 가득했을 거다. 그런 내게 그가 말했다.

"이제부터는 장기전이니까 길게 보고 가야 해요. 그래도 호전되는 추세에 접어들었으니 다행이에요."

조급했던 내 마음은 금세 바뀌었다. 절망스런 물음표로 가득했던 머릿속은 '장기전', '호전 추세' 두 단어만 남았다. 게다가 그는 어조도 낮고 말의 속도도 빠르지 않았다. 그와 얘기하다 보면 바삐 뛰려고 하는 마음의 박동수가 제자리를 찾아가는 느낌이었다. 내가 질문할 때도 그는 나를 바라봤다. 그래서 알아챘다. 생각보다 환자가 아닌 모니터를 바라보고 읊조리는 의사가 많았다는 걸. 그러니 의사란 얼마나 대단한 일을 할 수 있는 존재인가.

비단 의사만의 문제는 아니다. 해가 거듭할수록 나도 기자로서 나의 태도를 돌아볼 일이 생긴다. 특히 인터뷰 요청에 "인터뷰 해봐야 기자들은 듣고 싶은 것만 듣고, 쓰고 싶은 것만 쓰잖아요." 같은 말을 들으면, 억울하지만 반성의 마음이 든다. 얼마나 그런 기자들이 많았으면, 또 그런 기자들에게 얼마나 당했으면 '기자'라는 말만 들어도 그런 반응이 나오겠나.

영화 〈공작〉의 실제 주인공으로 유명한 박채서 씨도 그랬다. 우리 국가정보기관의 조력자이자 정보원이었던 그는, 되레 이중간첩으로 몰려 억울한 옥고까지 치렀다. 그가 보고한 기밀들을 짜깁기해 가짜 파일을 만들고 언론에 흘린 세력이 있었다. 대북 공작원인 그의 신원을 일부러 노출시킨 것이다. 국가만을 위해 일했던 사람을 국가가 버렸고, 억울한 6년의 옥고까지 치르게 했다. 영화가 될 만한 인생이다.

대체 그 시간을 어떻게 버텨냈는지 듣고 싶었다. 그러나 그는 언론에 불신이 상당했다. 그와 신뢰 관계가 두터운 선배 기자가 다리를 놔주었는데도 경계심이 대단했다.

그와 드디어 인터뷰하기로 한 날, 나는 그와 친근함을 쌓으려 과거 그가 등장한 기사를 찾아 출력해 내밀었다.

"검색해보니 이런 기사도 있더라고요."

그는 보자마자 '이거 내가 인터뷰하지도 않았는데 기자가 완전히 거짓말로 쓴 기사'라고 되받아쳤다. 난감했다. 그러더니 기자들에게서 뒤통수 맞고, 허위 기사 때문에 소송까지 했던 일화를 늘어놓기 시작했다. 듣고 보니 기자란 사람들이 어떻게 그럴 수 있는가 싶었다. 내가 기자지만, 기자로서 부끄럽고 죄송하다고 했다. 그의 마음을 누그러뜨리려 한 말이 아니라 진짜 그랬다.

찬찬히 그의 말을 들어보니 그는 강직함이 보통이 아닌 사람이었다. 그 성품의 원천, 뿌리는 어떻게 만들어졌는지 궁금해졌다. 그의 어린 시절로 가보고 싶었다. 넌지시 그에게 어릴 땐 꿈이 뭐였는지 물었다. 그 질문이 물꼬를 텄을까.

그는 중학교 진학은 언감생심 꿈도 못 꿀 형편의 집에서 태어났다. 아버지가 중학교 입학시험을 보게 할 리도 없었다. 그의 우수함을 알았던 담임교사가 부모 몰래 당시 명문으로 통했던 중학교에 원서를 냈다. 예비소집 전날, 그는 밤새 자지 않고 닭이 세 번째 울기만을 기다렸다가 몰래 집을 빠져 나와 무려 4시간을 걸어서 원서를 낸 중학교가 있는 도시까지 걸어갔다.

불과 열세 살 어린이가 어떻게 그렇게 의지가 강할 수 있는가. 귀가 쫑긋해지는 내 태도에 그가 뭔가를 느낀 것 같았다. 갑자기 내게 '이런 걸 물어봐주고 이렇게 들어주는 기자는 처음'이라고 했다. 그날 인터뷰는 저녁 식사할 때까지 무려 9시간 가까이 이어졌다. 그러고도 그는 '더 물어보고 싶은 건 없느냐'고 했다.

듣는 걸 제대로 하지 못해 신뢰를 잃는 기자들을 더러 봤다. '어느 순간 인터뷰이에게서 듣고 싶은 말이 나오지 않으면 슬그머니 짜증이 올라오는 자신을 보곤 깜짝 놀랐다'는 고민을 토로하는 어린 연차의 후배들도 있다. 매일 해내야 하는 일들에 치이다 보니 자기도 모르게 그렇게 됐을 것이다. 내 앞에 앉은 혹은 나와 통화를 하는 상대를 사람이 아니라 '취재원'이라는 무생물의 존재로 느낄 수도 있다.

그래서 틈만 나면 되된다. 기자로서 내가 물을 수 있는 힘이 어디서 왔는지를. 그것은 바로 시민이자 유권자 그리고 납세자인 독자들이 부여한 권리이자 의무다. 기자의 질문은 그래서 사적인 것이어선 안 되며, 사회의 권력을 지키는 데 쓰여서도 안 된다. 그래서 묻고 최선을 다해 답을 듣는다. 마음으로 듣고, 머리로 듣는다. 내 앞의 취재원도 사람이며, 이 기사 역시 사람을 살리는 데 쓰여야 함을 잊지 않으려고 노력한다. 그것이 기자로서 내가 지키려는 영혼이다.

의사로서 영혼을 잃어버린 나의 새 주치의도 어느 순간엔 그 사실을 부디 깨닫게 되길 바란다. 당신 앞에는 심신에 상처를 입은 한 사람이 앉아 있다는 것, 당신 말 한마디에 그 영혼은 상처를 치유할 수 있다는 희망이 생기기도, 어차피 낫기 어려운 병이구나 낙담하기도 한다는 걸. 그 막대한 힘이 당신의 입에서 뿜어 나오고 있다는 걸 말이다.

폭탄주에 어린 열정의 태도

후배와 와인을 한잔하다가 '폭탄주' 얘기가 나왔다. 둘 다
정치부 경험이 있어서다. 이 술을 폭탄주라고 부르는 사
람의 직군은 대개 둘 중 하나다. 기자이거나 검사. 요즘
은 '소맥(소주+맥주)'이란 이름으로 널리 사랑을 받는 그
술이다. 요즘 20대들은 소주와 맥주의 비율을 9대 1로 섞
어서 눈물 날 정도로 독하다는 의미로 '눈물주', 맥주와
소주의 비율을 '정석'과는 정반대로 바꿨다는 의미에서
'맥소'라고도 부른다는 얘기도 들었지만.

　"폭탄주를 왜 폭탄주라고 부르느냐. '뇌관'이 있는 술
이라서다. 다 마시기 전에 내려놓으면 터진다(여기까지 써
놓고 보니 조금 부끄럽긴 하지만). 그래서 폭탄주를 마는(섞
는) 사람을 '병권을 쥔 자'라고 부른다. 요즘은 그 술자리

의 막내들이 일괄 제조하는 것으로 그 위상이 땅에 떨어져 안타깝지만."

여기까지 얘기하고 났더니, 후배의 눈이 동그래졌다. 모두 처음 듣는 얘기라는 거다. 새삼 내가 참 옛날 사람임을 체감했다. 이왕 '꼰대'가 된 거, 제대로 인증이나 해볼까.

"그럼 폭탄주의 3주도酒道도 모르겠네?"

눈이 더 휘둥그레진다. '이 아이 눈이 이렇게 컸나.' 호기심에 찬 그 눈동자를 배신할 수 없지. 폭탄의 3주도가 뭐냐면….

내가 두 번째로 정치부에 갔을 때다. 당시 정치부장과 정당팀장 선배는 술자리의 멋을 즐기는 분들이었다. '초짜' 기자가 처음 정치부에 가면 한동안 두 가지를 시키지 않았다. 기사 쓰기와 폭탄주 말기다(어법상 적확한 표현을 찾자면 '섞다'가 되겠으나, 왜인지 폭탄주는 '만다'고 말하니 이를 살려서 쓴다.).

기사야 다른 부서와 취재 기법이나 기사 문법이 완전히 다르니 초반엔 단신 하나도 제대로 쓸 수가 없는 처지라 그런 것임을 알았다. 그런데 폭탄주는 왜인가? '초짜가 말면 그것만큼 맛없는 술'이 없어서 그렇다는 걸 나중에 알았다. 선배한테 그 말을 듣고 처음엔 '뭐 그럴 것까지야…' 했는데, 선배를 졸라 내가 만 폭탄주를 먹어보고 깨달았다. 나는 더 연마가 필요하다는 걸.

아마도 첫 부서 회식 때였을 것이다. 부장이 폭탄주 첫 잔을 말아주시며 운을 뗐다. 평소의 근엄한 태도 그대로였다.

"폭탄주에도 주도가 있으니 잘 배워서 술자리에서 실수하는 일이 없도록 하길 바란다."

나는 긴장한 자세로 굉장히 집중해 부장의 말을 들었다.

이른바 '폭탄주의 3주도' 중 그 첫째가 뭔고 하니, '평등주'라는 사실이다. 당시 폭탄주는 알잔이라고 불리는 뇌관에 상대적으로 도수가 높은 양주나 소주를 타고, 그 뇌관을 맥주잔에 넣고 다시 맥주를 부어 완성하는 형태가 보편적이었다. 소주 폭탄주는 '소폭'으로, 양주 폭탄주는 '양폭'으로 일컫는다. 2000년대 후반을 거치며 소폭이 강호를 평정해 양폭은 자취를 감췄다.

평등주라 함은 모든 잔의 양과 알잔의 비율이 동일해야 한다는 걸 의미한다. 선배들이 폭탄주를 말 때 무심한 듯 보여도 비율을 일관되게 맞추고 있었다는 걸 알았다. 수백 아니 수천 잔의 폭탄주를 마신 끝에 얻은 숙련의 열

매였던 것이다.

폭탄주는 그 술자리의 모든 인원이 동일하게 마신다. 병권자는 폭탄주를 두 잔씩 말아 돌린다. 순서를 정하는 건 만 사람의 권한이다. 병권자와 그가 지정한 다른 한 사람으로 시작해 술잔이 돌아간다. 술자리 인원이 홀수라면? 만 사람이 마지막 사람과 또 한 번 마신다. 병권자에겐 권한과 더불어 책임도 뒤따르는 것이다. 또 하나, 술잔의 비율이 다르거나 한 사람에게 실수로 두 번 잔을 준다면 '딜러 미스'로 두 잔 모두 병권자가 마신다. 당시 한국 사회는 '2대 8로 기울어진 운동장의 균형을 맞추자'는 게 이른바 시대 이념이었는데, 우리는 술자리에서 먼저 평등을 구현했다.

폭탄주의 3주도 중 그 둘째는, 아무나 병권을 쥘 수 없다는 사실. 대개 술자리의 좌장이 첫 폭탄주를 말아 돌리고 나면, 다음 병권자는 그가 지정한다. 그렇게 릴레이로 병권을 받아 폭탄주를 말아 마시는 방식이다. '병권은 아무나 쥘 수 없다'는 말이 그래서 나왔다.

마지막 주도는 이것. 폭탄주는 비우기 전까지 내려놓으면 안 된다는 사실. 병권자에게서 폭탄주를 받으면 탁자에 내려놓지 않고 약간 들고 있어야 한다. 다 마시기 전에 내려놓으면 '터진다', 폭탄처럼. 한동안 어느 술자리든 막내였던 나는 오른손으로 잔을 들고 왼 손바닥으론 잔을 받치고 있곤 했다. 드는 게 힘들면 '원샷'하면 될 일이다.

우리는 회식 때마다 고된 정치부 기자로서 일과를 폭탄주로 달랬다. 폭탄주를 다 마시고 나면, 잔을 흔들어 딸랑딸랑 경쾌한 소리를 냈고 나머지 사람들은 박수를 쳤다. '기자가 박수 받을 때는 폭탄주 마실 때 뿐'이라며 우리는 웃었다. 한때 내 잔은 선배가 흔들 때처럼 맑고 청아한 소리가 왜 나지 않는지 하도 답답해 선배한테 물었다. 선배는 잔 밑을 세 손가락으로 받쳐 손목의 스냅을 이용해보라고 했다. 과연 내 잔에서도 잔과 잔끼리 제대로 부딪혀 아름다운(?) 소리가 났다. 이제 박수를 받을 자격을 조금 더 얻은 것 같았다. 부장이 드디어 "네가 한번 말아볼래?"라며 병권을 쥐어줄 때의 묘한 떨림과 으쓱한 기분도 아직 기억한다.

지금은 그때보다 시절이 더 잔인하다. 박수는커녕 '기레기'라는 (내가 한동안 입으로도 옮기지 않았던) 멸칭이나 듣지 않으면 다행이다. 그런 혹한기인 요즘, 가끔 폭탄주를 마시며 우리끼리 박수를 주고받던 그때가 떠오른다. 박수 받자고 기자를 한 것도, 박수 받을 일을 하고 있다고 생각한 것도 아니지만, 그 박수 소리가 싫지 않았다.

되새겨보니 그 박수는 위로였다.

'내가, 네가 오늘도 얼마나 힘들었는지, 그리고 잘 버텼는지 알아.'

같은 일을 하는 사람들끼리만 아는 노동의 고단함을 우리는 그렇게 나눴고, 입에 털어 넣었다. 폭탄주는 그러니까, 내겐 어떤 인장 같은 의미다.

게다가 그 시절 그곳엔, 폭탄주마저도 잘 말고 싶어 주말에도 집에서 혼자서 연마하던, 치열하고 뜨거운 내가 있다. 폭탄주를 보고 있노라면, 폭탄주마저도 열정적으로 '말았던' 말진 김지은의 태도가 뽀얀 거품과 함께 몽글몽글 피어오른다. 굳이 이 술을 아직도 내가 '폭탄주'라고 부르며, 사랑하는 이유다.

여 성 기 자 로 산 다 는 것

'박원순 전 서울시장 성추행 사건'으로 온 나라가 떠들썩
했을 때다. 이 사건으로 받은 충격을 한 남자 선배가 이
렇게 표현했다. '박원순이 그럴 정도면 대한민국 대다수
남자도 자유롭지 못하다'는 뜻이라고. 그 말은 이렇게 바
뀌어야 한다. '그러니 대한민국 여성 대부분은 일생에 걸
쳐 성폭력 피해를 보고 산다'고. 인지하느냐, 못하느냐의
차이일 뿐이다.

국회 출입기자로 한 정당의 반장(출입팀장)을 할 때
다. 3선 의원과 회사 선후배들이 저녁 식사를 했다. 반주
도 곁들였다. 분위기가 무르익었다. 갑자기 의원이 내게
물었다.

"김 반장은 왜 결혼을 안 했어?"

대충 답하니, 돌아온 말.

"그럼 나하고 연애나 하지."

귀를 의심했다. 공교롭게도 여성은 나 혼자. 무슨 일 있었냐는 듯 평온한 동석자들의 표정이 '내가 잘못 들었나' 싶게 했다. 하지만 명백한 사실. 실언은 둥둥둥 내 귓가를 울리고 있었다. 그때부터 대화에 끼지 못했다. 어떻게 해야 하는지 머릿속으로 수십 가지 시뮬레이션을 돌렸다. 왜 바로 받아치지 못했는지 자책했다. 틈을 노렸고 수없이 속으로 되뇐 말을 내뱉었다.

"아까 그 말씀, 큰 실수하신 건데요."

노회한 의원은 정색하고 사과했다.

"아이고, 내가 진짜 잘못했어. 용서해요."

이 일화를 최근 후배에게 얘기해줬더니, 그가 말했다.

"와, 선배. 그래도 대처를 잘하셨네요."

단박에 된 게 아니다. 성폭력에 대처하는 태도는 한 번에 숙성되지 않는다.

기자가 된 지 3년쯤 됐을 때다. 타사 여성 기자가 출입처 고위직에게 성추행을 당한 사건이 벌어졌다. 그것도 그 언론사의 편집국장까지 동석한 저녁 식사 자리에서. 가해자가 '식당 여주인인 줄 알고 그랬다'는 망언을 남긴 사건으로 유명하다.

그때 내가 감탄했던 건 그 선배 기자의 대처였다. 그는 피해를 당한 직후 식사 자리에 있던 노래방 기계의 마이크를 붙잡고 동석자들에게 피해 사실을 알렸다. 그 덕분에 이 사건은 바로 공론화될 수 있었다.

수없이 당시 상황을 떠올려봤다. '나라면 그렇게 할 수 있을까.' 충격과 당황스러움, 황당함과 치욕, 여러 감정의 실타래가 머릿속과 마음속을 헤집어 놓았을 텐데 그는 이성의 끈을 놓지 않고 해야 할 일을 했다. 그때 생각했다.

'기자로 취재를 하는 어느 곳도 안전지대가 아니구나. 나를 기자가 아닌 여자로 보는 취재원들이 도처에 있겠구나.'

나라고 그런 일을 당하지 않는단 법이 없었다. 그래서 틈이 날 때마다 머릿속으로 시뮬레이션을 돌리고 또 돌렸다. 그래도 그런 일이 실제 벌어지면 냉정하게 대처하기란 쉬운 일이 아니다.

머지않아 내게도 비슷한 사건이 벌어졌다. 우리 정치부장과 출입처 정당 대표의 핵심 측근과 저녁 식사를 하기로 한 날이었다. 난 식당 인근에서 그 취재원과 먼저 만나 이동하기로 했다. 거리에서 나를 보자마자 그가 "어, 왔어?" 하며 손가락으로 내 볼을 귀엽다는 듯이 튕겼다. '이게 뭐지?' 그 뒤로 무슨 대화를 주고받으며 식당까지 걸어갔는지 기억이 나지 않는다.

'이 자리를 엎어야 하나. 부장한테 말을 하고 나는 집으로 가야 하나. 이게 그 정도로 문제가 되는 일이 맞기는 한가.'

그 사건은 내 머릿속에서 지워지지 않았다. 아무 대처를 하지 못한 나를, 나는 스스로 '못난이' 취급을 하고 있었다. 틈만 나면 그 사건을 곱씹었고 어떻게 대응했어야 하는지 뇌의 회로를 돌리고 또 돌렸다.

그자는 내게 비슷한 성추행을 또 했다. 그날은 다행히 공개된 장소였다. 당 회의실에서였다. 출입기자들과 당직자들이 있었다. 그는 나를 보자마자 반갑다는 듯 악수를 했다. 그런데 내 손을 놓지 않았다. 올 것이 온 거였다. 나는 배에 힘을 줘 큰소리로 말했다.

"그런데 이 손은 이제 좀 놓고 말씀하시죠."

주위 사람들이 쳐다봤다. 그는 '아차' 싶었는지 손을 얼른 빼고 머쓱해했다. 그런 것이다. 그런 크고 작은 사건들을 겪은 덕에 무례를 넘어선 폭력에 대처하는 태도가 길러지는 거였다. 참 슬픈 일이다.

그러니 후배는 내 대처에 감탄했지만, 실은 그런 대응을 실행할 수 있게 되기까지 20년이 걸렸다.

같은 회사든, 타사든 여성 기자들이 하나가 되는 시기가 있다. '기자'가 아니라 '여성'으로 취급받고 차별받고 혐오받는 경험이 쌓이면서다. 마음속에 웅크리고 있던 기억이 나만의 일이 아니었음을 나누면서 생기게 되는 '슬픈 연대'다.

기자가 된 지 얼마 되지 않아 출입처에서 출입기자들과 식사를 겸한 기자간담회를 했다. 자리를 만든 출입처의 장이 웃으면서 말했다.

"아이고, 이제는 여기자들도 많이 늘었네요! 하하."

그 말을 듣고 그제서야 '아…' 싶었다. 재빨리 눈동자를 돌려 주위를 둘러봤다. 출입기자 중 여성의 비율이 30%쯤은 되는 것 같았다. 그렇다. 그때까지 나는 기자 중에 남자의 숫자, 여자의 숫자 같은 건 따져본 적이 없었다. 그 뒤로도 어느 자리를 가나 그런 말을 들었다. 나는 의식하지 않아도 자리마다 성별을 따지고 숫자를 세는 이들이 있구나. 그들의 속내가 뭘까 생각해본 적이 있었다. '그간에는 남자 기자들만 있었는데, 이제는 여자도 기자를 하는 시대가 왔네'라는 신기함? '기자 세계가 그렇게 험하다는데, 그런 일을 하는 여자들이 이렇게 많네'라는 기특함? '이제는 어느 자리를 가나 여성들이 이렇게 많이 치고 올라오네'라는 위기감? '것 봐. 이렇게 우리 사회가 평등해졌어'라는 자찬? 그 어느 뜻이라도 달갑지 않았다. '영혼 없는' 인사치레였대도 불쾌한 건 마찬가지다.

기자가 된 이래 내가 정보를 얻어야 하는 취재원의 대부분은 나이 든 남성이자 사회의 기득권자였다. 그들 중에 나를 기자라기보다는 여자로 보는 이들이 생각보다 많다는 걸 알아차리는 덴 오랜 시일이 걸리지 않았다. 한 번은 종종 주요 정보를 알려주던 취재원이 "내가 왜 당신한테 이렇게 잘 알려주는 줄 알아? 내가 다른 마음이 있어서야."라고 말한 걸 듣고 머리칼이 주뼛 섰던 기억이 있다. 그는 정치권에서 꽤 능력 있는 전략가로 통했고 점잖았다. 무엇보다 난 그를 거의 대면한 적이 없다. 주로 전화로 취재했으니까. 그런데 나와 '업무 얘기'를 나누면서도 그의 속내는 그랬던 것이다.

연차가 비슷한 타사 후배와 이런 농담 같은 진담을 나눈 적이 있다. 언론사 수습기자 교육 때 여성 기자들을 대상으로 선배 여성 기자들이 당한 성희롱, 성추행과 그에 따른 대처를 백서로 만들어 따로 교육해야 한다고.

여성 기자들이면 갖는 서글픈 다짐. 나와 같은 길을 걸어오는 여성 기자 후배들이 같은 일을 겪지 않도록 하고 싶은 마음, 이 선배의 과거를 간접경험 삼아 폭력에 대처하는 태도를 미리 연마라도 하도록 하고 싶은 마음,

그렇게라도 같은 일이 반복되지 않도록 하고 싶은 소망이다.

그런 태도의 성장까지 가르쳐야 하는 잔인한 한국 사회의 현실이다.

일은 때로 나를 무장시킨다

―――――――――

'좋은 기사는 세상을 바꾼다.'

내가 기자가 된 이유다. 대학교 3학년 때 새긴 문장이다. 모교인 이화여대에서 언론정보학을 공부할 때 은사이신 이재경 선생님께서 해주신 말씀이다. 방송기자를 하다가 학업에 뜻을 둬 교수가 되셨으니 기자를 꿈꾸던 내겐 대선배를 보는 느낌이었다.

선생님은 기자가 되고 싶다면 왜 기자가 되고 싶은지 적어보라고 하셨다. 가능한 명함 하나에 다 들어갈 만한 분량으로. 한 문장이면 가장 좋다고 하셨다. 선생님은 당신께선 '좋은 기사는 세상을 바꾼다'는 생각으로 기자가 됐다고 하셨다. 다른 이유를 떠올려보려고 했지만, 나 역시 그랬다. 다른 문장을 생각하기가 어려웠다. 선생님께

허락도 받지 않고 나는 내가 기자가 되고 싶은 이유를 거기서 차용했다.

그때는 그저 기자가 되려면 초심이 중요하고 그 초심은 구체적일수록 좋으니 한 문장으로 만들어보라고 하셨겠거니 짐작했다.

그런데 진짜 기자가 되어 하루하루, 한 해 한 해 버티면서 깨달았다. 그 '한 문장'이란 고비가 올 때 떠올리는 문장이구나. 복잡하거나 길다면 바로 생각나지 않을 테다. 그런데 한 문장이라면 마음에 새기지 않을 수가 없다. 오랫동안 슬럼프가 올 때마다 난 생각했다.

'나 그래서 기자가 됐지. 아직 다다르지 못했지.'

그 한 문장은 지금까지 기자를 하도록 버티게 해준 마음이다.

15년 차가 넘어가니, 그 한 문장에 담긴 의미가 더 입체적으로 다가왔다. 기자를 할수록 처음 기자가 됐을 때 가진 마음이 더 확장된다는 걸 알아차리고서다. 그 한 문장에 경력이 쌓일수록 의미가 더해지고 가지가 쳐지는 걸 느꼈다. 그때 알았다. 초심도 성장한다는 걸. 그래서 초심이 한 문장이어야 한다는 건, 성장의 여지를 염두에 둔 선생님의 혜안이 담긴 뜻이라는 걸 말이다.

그 초심의 한 문장에 가지를 친 전환점은 2018년에

찾아왔다. 다시 태어나도 난 기자를 할 거라는 굳은 마음에 금이 갔던 시기다. 세 번째로 발령받아 간 정치부에서 국정농단 사건을 겪은 뒤 정치부 기자로서 회의가 들었다. 기자 생활 전반을 돌아보는 계기가 됐다.

'나는 세상을 바꾸는 데 실패했구나. 기자가 기사로 세상을 바꾸기란 정말 어려운 일이구나.'

열패감에 휩싸였다.

그래서 시작했다, '삶도'란 인터뷰 시리즈를. 이런 고비가 나한테만 오는 건 아닐 테니, 다른 이들은 이 시기를 대체 어떻게 넘긴 것인지 인터뷰로 담고 싶었다. 그 인터뷰 연재를 하며, 나는 다시 '기자 김지은'을 사랑하게 됐다. 다름 아닌 댓글 덕분이니 재미있는 일이다.

나는 내가 쓰는 인터뷰 기사의 모든 댓글을 읽는다. 기사를 읽고 댓글로 마음을 남겨주는 독자들에게 감사해서다.

"뭣도 되지 못하고 그저 주부로 싱크대 앞에서만 살다 가는 인생인가 많이 초라했는데, 저리 사회적으로 성공한 여성도 비슷한 고민을 하는 기사를 보고 이상하게 큰 감정을 느꼈습니다."

"기사를 읽고 눈물을 흘리긴 오래간만입니다."

"이 기사를 본 건 그야말로 행운인 거 같아요."

"가정의 달에 가족이 무엇인지 다른 시각에서 일깨울 수 있는 좋은 글입니다."

"정말 좋은 시리즈입니다. 시리즈를 통해 살아가는 사람들의 진솔한 이야기를 많이 보고 싶습니다."

인터뷰이의 인생에 자신의 삶을 덧대어 쓰는 독자들의 댓글을 보노라면 기자로서 내 존재의 이유가 새삼 느껴진다.

댓글은 나도 단다. 독자들은 내가 내 기사에 신원을 밝히고 댓글을 쓰는 걸 신기해하지만 내겐 당연한 일이다. 고마움을 표현하고 소통할 길이 지금으로선 댓글이 가장 직접적이니까. 기사마다 '1번 댓글'은 내가 다는 게 그래서다.

계기가 있다. 6년 전 했던 소아청소년정신과 전문의 오은영 박사의 인터뷰다. 당시엔 '육아 멘토'로 잘 알려져 있었지만, 난 오 박사에게 삶의 태도에 집중해 질문했다. 행복의 비결은 내게도 중요한 주제였다.

그는 인터뷰에서 이런 메시지들을 남겼다.

"공부는 결국 배신해요. 매일 새벽까지 수학, 과학 문제만 풀어서 과학고에 가도 행복의 열쇠는 거기 있지 않거든요. 그럼 소위 명문대 나온 사람은 다 행복해야죠. 사람은 결국 가까운 사람들과 좋은 시간을 보낼 때 행복해해요. 가까운 사람이 나를 위로해줬을 때, 그와 함께 재미있었을 때, 그런 기억으로 힘든 시간을 버텨가요."

"우리는 모두 마음이 달라요. 그래도 '마음의 다리'를 통해서 마음을 쏙 전달할 수 있어야 해요."

"저에게 행복한 삶은 마음이 편안한 삶이죠. 내 주변에 의미 있는 사람들과 '잘'까지도 필요 없이, '그럭저럭' 지내는 것, 그게 행복이라고 생각해요. 너무 비장할 필요 없어요. 가깝고 의미 있는 주위의 사람과 인생을 얘기하며 살면 돼요. 아픔, 좌절, 비참함, 분노, 애처로움, 위로, 행복, 기쁨을 함께 얘기할 수 있어야 해요. 그게 행복의 열쇠지요."

이상하게 마음이 힘들 때 내가 쓴 그 기사를 찾아가 읽기 시작했다. 그러던 어느 날 댓글이 점점 늘어나는 걸 봤다.

"감사합니다. 비록 예전 기사이긴 하지만, 좋은 기사 써주셔서 잘 읽었고 오늘도 힘을 내고 갑니다."

"앞으로도 인생이 힘들 때 한 번씩 읽고 싶은 기사."

"기사가 나온 지 2년이 지난 후 처음 읽었지만 시간 날 때마다, 위로받고 싶을 때마다 읽고 싶은 글이에요."

울컥했다. 나도 댓글을 달았다.

"김지은 기자입니다. 잊지 않고 다시 이 인터뷰를 찾

아와 읽어주고 댓글 남겨주셔서 고맙습니다. 제가 썼지만, 저도 종종 찾아와 기사를 읽고 댓글을 봅니다. 이 인터뷰를 새겨두고 다시 읽고 싶다고 해주셨듯 저도 독자님들의 댓글이 그렇습니다. 위로와 공감이 깃든 기사 쓰도록 노력하겠습니다."

내 초심에 문장이 더해진 순간이다.

"좋은 기사는 세상을 바꾼다는 마음으로 기자가 됐지만, 실패했다. 그러나 좋은 기사 하나가 사람 마음은 바꿀 수 있다는 것 역시 알았다. 마음속 서랍에 넣어두고 생각날 때마다 꺼내 보고 싶은 인터뷰를 쓰자."

지금 내가 기자를 하는 이유는 이렇다.

일이 나를 성장시킨 덕분이다. 세상에 쉬운 일이 어디 있겠냐마는, 돌이켜보면 기자도 못지않다. 팩트의 한 조각을 찾으려고 백사장에서 진주를 찾듯 단서를 찾아 헤매고, 헬멧까지 쓰고 위험한 집회 현장을 뛰어다니고, 영하 10도의 날씨에도 얼음장 같은 아스팔트에 앉아 단식투쟁을 하는 사람들 곁을 지켰다.

언젠가 "다이어트 중인데 너무 힘들어요."라고 장난 삼아 푸념했더니 H 선배가 말했다.

"나도 그랬어. 근데 나는 그런 순간에 '내가 기자도 했는데 이걸 못하겠냐' 하고 생각해. 봐봐, 우리가 기자도 하는데 뭔들 못하겠냐."

그 한마디가 그렇게 위안이 될 수가 없었다. 이후로도 내가 약해지려는 순간이 올 때 나를 무장시키는 말이 되었다.

올해 처음으로 여성 기자 풋살대회가 열렸다. 우리 회사도 후배들이 팀을 꾸려 출전했다. 대회 날 찾아가 목이 터져라 후배들을 응원했다. '계급장' 다 떼고 서로 이름을 부르며 그라운드를 누비는 후배들이 정말 멋졌다. 기사가 아닌 공으로 하는 팀플레이. '원 팀'이란 무엇인지 새삼 절감한 시간이었다.

대회를 마치고 뒤풀이에서 소박한 격려금과 함께 후배들에게 편지를 건넸다.

"여러분과 함께 마음으로 그라운드를 누빌 수 있어 행복했어요. 선배들이 가지 않은 길을 가는 후배님들이 자랑스럽습니다. 살면서 '사소한' 돌부리들을 만날 때마다 이 생각을 했습니다. '내가 기자도 했는데 이걸 못해?' 여러분은 거기에 하나 추가됐을 테죠. '내가 풋살도 했는데 이걸 못해?!' 한층 강력하게 업그레이된 후배님들의 앞날을 축복합니다!"

아 이 디 에 담 은 태 도

꽤 여러 번 강연을 했다. 기자가 되고자 하는 준비생들, 이제 막 기자가 된 후배들 앞에서. 두 권의 인터뷰집과, 한 권의 인터뷰 워크북을 낸 뒤엔 독자들과 마주하는 '북 토크'의 기회도 여러 번 있었다.

　내가 가장 좋아하는 시간은 청중과 질문을 매개로 대화를 나누는 시간이다. 그간 나올 법한데 한 번도 받아보지 못한 질문이 있다. 내 아이디와 관련된 것이다.

　내 이메일 아이디는 'luna'다. 기자가 된 이래 바뀌지 않았다. 입사 시험에 합격하고 나서 아이디를 제출하라고 할 때 꽤 오래 고민했고, 의미를 부여해 만든 것이다. luna는 달의 여신이다. 달을 떠올리고 지은 아이디다. 'moon'이라고 하면 너무 단순하며 흔했다. 문 씨인 기자들이 흔히 그 아이디를 쓰기도 했다. 그래서 luna라고 정했다. 상대에게 각인시키기도 쉬웠다.

왜 달인가 하면, 그 속성이 기자라는 일과 무척 흡사해서다. 달은 스스로 빛을 내지 못한다. 기자도 그렇다. 기자는 팩트로 존재하며, 진실에 다가간 보도를 했을 때 독자가 그 의미를 인정해준다. 그러니까 기자의 존재 이유는 독자인 것이다.

달은 지구 주위를 공전한다. 38만 킬로미터라는 거리를 유지하면서. 기자가 취재 대상과 지켜야 하는 거리, 불가근불가원의 원칙과 닮았다. 너무 멀어서도, 너무 가까워서도 안 되는 거리 말이다.

달은 지구와 가장 가까운 천체다. 지구를 근접 거리에서 관찰하는 셈이다. 기자도 결국은 관찰하는 사람이다. 기자가 개입하는 순간 그는 기자가 아닌 플레이어로 전락한다. 취재 윤리의 기본은 여기서 출발한다.

내가 기자로서 지키고 싶은 태도를 나는 내 아이디 luna에 담은 것이다.

생각해보면 그래서 참 묘한 일이다. 얼마 전 회사에 막 입사한 견습기자들의 교육 기간에 강의를 했다. 그들에게 이런 조언을 했다.

"기자란 결국 되어보는 일이에요."

후배들이 호기심 어린 눈빛으로 내 다음 말을 기다렸다.

"무슨 말인가 싶죠. '되는' 것도 아니고 '되어보는' 일이라니. 20년 넘게 기자를 해보니 그렇더라고요. 기자는 사회의 약자도, 안타까운 사고의 희생자도, 폭력의 피해자도 취재하지만 당사자는 아니에요. 취재하다 보면 그들의 감정에 깊이 이입돼 마음이 아프지만, 그 개인의 감정에 몰입되면 오히려 무엇을 취재해야 할지, 진짜 문제는 무엇인지, 사건의 본질은 무엇인지 보지 못할 수도 있어요. 다른 취재원도 마찬가지. 우리는 경찰도, 검찰도, 기업도, 국회의원도, 대통령도 상대하지만 역시 당사자가 돼선 안 돼요. 그들이 주는 정보에 매몰되면 '받아쓰는 타이피스트'가 됩니다. 역시 '정보를 쥔 자'의 시각에서 기사를 쓰게 되기 쉽죠. 우리는 납세자이자 유권자인 독자의 편에서 사안을 바라보고 취재해야 해요."

당사자가 아니므로 상황을 냉철하게 판단할 수 있고 그 판단의 근거가 되는 팩트를 취재할 수 있다는 의미다. 다만, 그 입장이 되어보면 어떤 질문을 할 수 있을지 떠오른다. 지금 필요한 제도가 무엇인지, 왜 이 사안을 독자들이 관심을 갖고 지켜봐야 하는지 답을 찾을 수 있다. 후배들은 고개를 끄덕였다. 당사자가 되는 것이 아니라 되어보는 것의 의미는 그렇다.

그러니 기자는 끊임없이 거리 두기를 훈련받는 일인지도 모르겠다. 기자가 된 지 얼마 되지 않은 신입 기자들이 가장 많이 힘들어할 때가 폭력의 피해자나 희생자의 유족을 취재할 때다. 어떤 심정일지 굳이 미뤄 짐작하지 않아도 그 고통에 직결된다. 그래도 기자는 물어야 한다. 같은 비극이 반복되지 않게 하려면 말이다. 당사자의 목소리만큼 강력한 건 없다. 물론 그 당사자가 입을 열 수 있게 되기까지 때론 기다려야 하기도, 때론 설득해야 하기도 한다. 그런 힘겨운 취재를 할 때, 마음의 거리 두기를 하기란 쉽지 않은 일이다.

인터뷰를 할 때도 마찬가지다. 나는 인터뷰로 상대의 삶과 마음속으로 때로 깊이 들어가지만, 그가 되어선 안 된다. 그때 그의 처지가 되어보아야 질문이 생긴다. 인터뷰이가 내 앞에서 눈물을 흘려도, 나는 그 눈물을 기록하며 물어야 한다. 그렇게 거리를 지켰을 때 독자가 공감하는 글이 나온다. 써놓고 보니 참 얄궂은 일이다.

하지만 어느 일이나 그렇지 않겠나. 가수 오디션 프로그램에서 내로라하는 프로듀서들이 이런 말을 하는 게 다 같은 맥락이다.

"무대에서 가수가 먼저 울어버리면, 정작 관객은 울

기회를 잃어요."

luna라는 아이디는 내 바이라인에도, 명함에도, 이메일함에도 박혀 있다. 아이디를 만들 때 고심을 거듭하고 의미를 부여했지만 이토록 자주 접하게 될 줄은 몰랐다. 아이디에 기자로서 나의 태도를 담길 잘했다는 생각이 드는 이유다. 오늘도 내 바이라인 옆에 달린 아이디를 보며 나는 초심을 되새긴다.

에 필 로 그

오랫동안 '기자의 쓸모'에 의문이었다.

예를 들어, '뻗치기'나 '귀대기' 같은 건 나의 일상을 영위하는 데는 도무지 쓸데가 없으니까. 그뿐인가. 인사 청문회 땐 공직 후보자의 재산 신고 내역에 등기부등본까지 뒤져 법적·도덕적 잣대에 어긋남이 있는지 확인하면서도 정작 내 주민등록등·초본을 떼야 할 땐 '관할 행정복지센터만 가능하든가?' 고민하는 게 나였다. 생활에선 그만큼 빈틈투성이다.

'태도의 언어'를 쓰면서 새삼 나와 진지하게 만났다. 올해 초 '태도의 언어'라는 다섯 글자가 떠올라 쓰기 시작한 글들이다. 신이 주신 가장 큰 축복인 가족, 나의 타고난 천성, 나를 성장시킨 스승들을 되새겼다. 무엇보다 기자라는 나의 일이 만들어준 후천적 자아를 돌아볼 수 있었다.

곰곰 생각해보니 뻗치기의 시간도 결코 의미 없는 게 아니었다. 동트기 전부터 뻗치기를 하면서도 춥고 지루하니 아파트 경비 아저씨와 담소를 나누며 경비실 전기난로라도 쬐었고, 취재원의 멘트는 듣지 못해도 경비 아저씨만이 알 수 있는 취재원의 동태는 얻어 들었다. 포기가 아니라 늘 할 수 있는 최선으로 임해 뭐라도 만들어내야 하는 나의 일이 길러준 태도였다.

'태도의 언어'를 쓰는 시간은 그러니, 나의 그 모든 경험에 담긴 의미를 되짚는 시간이었다. 그 모든 건 결코 헛되지 않았고 내 안에 쌓여 지금의 나를 만들었음을 깨달았다.

그래서 바란다. 독자들이 이 책을 읽으며 기꺼이 자기 자신과 만나게 되기를, 대화를 나누고 화해하게 되기를, 지금의 자신을 만든 시간과 사람들을 사랑하게 되기를. 내가 그랬듯 말이다.

태도의 언어
내 삶을 단단하게 만드는 마음의 말들

펴낸날   1판 1쇄 2023년 12월 12일
          1판 2쇄 2024년 2월 26일

지은이   김지은
펴낸이   윤미경

펴낸곳   헤이북스
출판등록 제2014-000031호
주소   경기도 성남시 분당구 황새울로 234, 607호
전화   031-603-6166
팩스   031-624-4284
이메일   heybooksblog@naver.com

책임편집 김영희
디자인   류지혜
제작   한영문화사

ISBN   979-11-88366-85-9 03810